AF377935

La Mission

Au-delà du Voile – 1

Du même auteur :

La Pierre d'Azur

Au temps où les fées dansaient, Tome 1 et 2

Les Chroniques de Khalitekla

Le petit renne de Jalan

La Malédiction d'Ariane

Rose P. Katell

La Mission

Au-delà du Voile – 1

Couverture réalisée par © Fleurine Rétoré

À Serenya, amie d'un soutien incroyable et autrice formidable.

Prologue

L'atmosphère était chaude, trop pour le printemps. Il suffisait de fermer les paupières afin de se croire en été, de s'imaginer à la plage ou en vacances tant la caresse du soleil était brûlante par cet après-midi sans vent. Diane avait toujours aimé la chaleur et le grand air. Aujourd'hui, toutefois, elle n'était pas là dans le but d'en profiter.

Elle était en mission. Pour Elle.

Juchée sur un haut talus, elle se tenait droite et fière. Ses yeux vert doré ne quittaient pas l'établissement en contrebas, une école qui se trouvait de l'autre côté de la rue. Un large bâtiment en briques brunes entouré d'une clôture élevée et dont l'enceinte était dépourvue de végétation. La dernière sonnerie de la journée avait déjà retenti, elle n'aurait plus à attendre longtemps. Toute seconde avait son importance, Diane en était consciente depuis des années. Elle ne devait intervenir ni trop tôt ni trop tard.

Malgré sa peau moite de chaleur, ses cheveux courts et foncés collés contre sa nuque, l'inconfort de sa position sur la pente, elle ne bougeait pas d'un pouce.

Elle se sentait chanceuse : il n'y avait pas un seul parasite à l'horizon – une chose rare qu'elle était capable d'apprécier à sa juste valeur. À ses côtés, un chien blanc se prélassait. Lui aussi paraissait se désintéresser de son environnement ; on aurait volontiers pensé qu'il patientait, guettant l'instant où elle l'inviterait à la suivre. Devant eux, la ville était agitée. Diane ignorait si c'était coutumier ou exceptionnel. En vérité, elle s'en moquait. Elle ne remettrait sans doute pas les pieds ici.

La porte du lycée s'ouvrit et elle se raidit davantage, les sens en alerte : Il allait bientôt sortir. Quoique bientôt ne soit pas le mot approprié. D'après ce qu'elle avait compris, l'adolescent n'était pas prompt à quitter les lieux. Il préférait traîner dans les couloirs et bavarder quelques minutes.

Diane n'avait jamais apprécié ce genre d'attitudes. Elle ne se les expliquait pas, car elle était convaincue que le secret d'une vie rangée résidait dans les horaires. Le moindre laps de temps comptait quand on y prêtait attention. Musarder était un terme qu'elle ne connaissait pas.

Elle étudia chaque garçon qui émergeait de l'édifice, en quête de *son* visage. Un visage qu'elle n'avait contemplé qu'à une seule occasion, et pas en face à face, mais peu importait, elle saurait l'identifier. Elle n'avait pas droit à l'erreur.

L'heure arrivait, elle le pressentait. Son intuition la trompait rarement.

Très vite, sa fiabilité fut confirmée. Sa cible franchit la porte puis la grille en riant avec un ami. La fille, par contre, n'était pas là. Les données avaient été modifiées plusieurs heures auparavant – heureusement, Elle avait prévenu Diane. Dans un sens, le changement l'arrangeait. Les effusions de larmes, très peu pour elle. Mieux valait que la jeune femme ne voie pas ce qui allait advenir.

Peu étaient aptes à garder leur sang-froid comme Diane. Une conduite qui faisait également partie de la mission. Rester calme, entrer en scène au bon moment, ne pas chercher à altérer le cours des événements ; des tâches qui s'avéraient plus difficiles que la plupart se le figuraient.

Diane soupira. L'étudiant continuait à discuter. Les dernières minutes étaient souvent les plus longues… Elle prit son mal en patience – elle n'avait guère le choix – et le détailla. Le dossier ne mentait pas, il était tel que sa description le mentionnait. Cheveux roux-brun qui laissaient présumer qu'il venait juste de sauter du lit, musculature inexistante, taille élancée, et une expression confiante qui détonnait avec son apparence.

Elle fronça les sourcils. Cette attitude, elle avait plutôt l'habitude de la noter sur d'autres individus : des gens que la nature avait gâtés, qui étaient nés dans la bonne famille ; pas sur une personne qui ressemblait autant à… un bouc émissaire. Oui, c'était tout à fait cela. Le jeune homme avait l'air d'une victime. Pourtant, en le scrutant, en observant son comportement assuré et serein, Diane avait l'impression que rien ne pouvait l'effrayer.

Joli paradoxe, songea-t-elle. Un cas plus intéressant que la plupart de ses missions. Elle regretta presque de ne pas s'être accordé le loisir de l'examiner plus tôt.

Presque. Elle avait un tas d'affaires à régler.

Enfin, il salua son ami ! Il dit au revoir à deux ou trois garçons, puis, du coin de l'œil, Diane aperçut une Chevrolet Camaro blanche s'engager dans la rue.

Pile à l'heure.

Avec un fin sourire, elle avança vers la route. Le chien la talonna sans qu'elle le lui ordonne – debout, il atteignait la hauteur de ses reins. Tel un écho à ses propres gestes, l'adolescent marcha vers le bitume. Dans sa tête, Diane compta jusqu'à cinq…

L'impact eut lieu, violent et déstabilisant. Les hurlements le suivirent aussitôt ; éclats de voix épouvantés qui se muèrent en agonies désespérées, larmoyantes et interrogatives. Des sons qu'elle avait l'habitude d'entendre et qu'elle détestait.

Il avait suffi d'une petite, minuscule seconde pour que le monde que les habitants connaissaient s'écroule et soit momentanément en proie à la peur et à l'incompréhension – sentiments auxquels succéderait bientôt la colère.

Insensible au tumulte, Diane approcha du garçon à terre. Il respirait toujours, elle en aurait mis sa main à couper.

C'était enfin à elle d'agir.

*

La douleur.

Elle était la sensation la plus présente dans son esprit.

Elle l'accaparait et l'empêchait de reprendre sa respiration. L'entièreté de son être souffrait.

Que s'était-il produit ? Caleb ne se souvenait de rien. Il venait de quitter Tobias. Il marchait et puis… le noir absolu.

Il aurait aimé bouger. Cependant, son corps ne lui obéissait plus. Ses membres lui donnaient l'impression d'être en miettes et il doutait qu'on soit en mesure d'en recoller les morceaux.

Un froid intense chercha à s'emparer de lui, mais il résista. Un pressentiment lui interdisait de céder, l'avertissait qu'il courrait un danger s'il ne se battait pas.

Des sons lui parvinrent, étouffés. Étaient-ce des cris ? Il était incapable de l'affirmer. Dans un effort surhumain, après plusieurs essais, il entrouvrit ses paupières.

Une jeune femme se tenait penchée sur lui, vêtue d'un drôle d'habit rouge – une cape, si sa vue ne le trompait pas. Qui était-elle ? Caleb ne l'avait jamais remarquée au lycée. Il s'en serait souvenu s'il avait déjà croisé un tel regard : vert et hypnotisant au possible, incroyablement sûr de lui. Elle semblait déterminée. Mais à quoi ? Il l'ignorait.

Il chercha à lui parler et à lui demander ce qui lui arrivait. Hélas, il n'y réussit pas. La douleur le maintenait prisonnier. Elle le transformait en pantin.

— Chut, lui intima l'étrangère.

Son ton doux contrastait avec son attitude froide. Perplexe, il la dévisagea. Sa présence l'obnubilait. Il avait à peine conscience des bruits qui l'environnaient. Néanmoins, en se concentrant, il jura entendre un homme au téléphone tout près de lui ; une voix alarmée.

Les battements de son cœur s'accélèrent.

— N'aie pas peur, je ne te veux aucun mal. Je suis venue pour t'assister.

À la façon dont la fille lui souriait, Caleb était tenté d'imaginer qu'ils se fréquentaient depuis de longues années. Il eut envie de lui offrir sa confiance. Aussi insensé que ça puisse paraître, si elle disait être là afin de lui apporter son aide, il la croyait sur parole. Son esprit refusait de raisonner de manière différente.

Curieux d'apprendre son identité, il se défendit encore plus contre le froid qui l'envahissait. Bon sang, il devait bien être fichu de poser une simple question !

— Non. Ne lutte pas. Il est trop tard.

Trop tard ? Pour quoi ? se demanda-t-il.

La douleur lui coupa le souffle. *Pitié, stop !*

— Détends-toi. Ferme les yeux. Tu verras, cela se passera beaucoup mieux ainsi.

Perdu, Caleb ne savait que penser. Se passer mieux ? De quoi l'entretenait-elle ?

— Aie foi en moi.

Son corps entier lui dictait de continuer à batailler, de ne pas abandonner le combat. Pourtant, la voix de son interlocutrice le convainquit qu'il avait tort. Elle était si amicale, si bienveillante. Elle seule maîtrisait la situation, c'était plus qu'une certitude.

— Voilà, susurra-t-elle quand il se relaxa enfin. Ferme les yeux maintenant. Le reste se déroulera sans encombre, je te le promets.

Il comprit qu'elle évoquait la fin. Sa fin. Une pointe d'injustice l'accapara, vite remplacée par l'apaisement que lui procuraient ses propos.

— Ferme les yeux, répéta-t-elle en plongeant ses iris dans les siens.

Caleb obtempéra, puis sentit ses lèvres se poser sur son front. Au visage de la jeune femme se substitua celui de son amie : Ève.

Dire qu'il n'avait pas trouvé le courage de lui avouer qu'il l'aimait…

I

Inquiétudes

Le bocal de confiture lui échappa des mains et se brisa sur le carrelage en damier crème et brun de la cuisine. Ève pesta devant la gelée rouge et les morceaux de verre éparpillés au sol. Une fois encore, sa nervosité lui jouait des tours ; grignoter dans le but de se calmer n'était peut-être pas la meilleure chose à faire.

Au moins, j'ai de quoi m'occuper désormais, songea-t-elle en attrapant de quoi nettoyer les dégâts dans l'armoire sous l'évier.

Il y avait un moment qu'elle marchait en rond tel un lion dans sa cage tant elle se rongeait les sangs pour son frère, Guillaume. Déjà deux heures qu'il aurait dû être de retour…

Bien sûr, il n'était pas rare qu'il traîne après les cours. Ça lui arrivait même assez souvent. Cependant, un retard aussi important n'était pas normal, surtout qu'il n'avait pas pris la peine de prévenir – une habitude que leur mère leur avait pourtant inculquée.

Pourvu qu'il ne soit pas retombé dans ses travers…

Ève ne cessait d'observer l'horloge murale, imposant simulacre de cadran de gare qui détonait sur leur papier peint printanier. Elle ignorait ce qui l'angoissait le plus : le fait de ne pas savoir où était Guillaume ou la possibilité que leur mère découvre son absence lorsqu'elle rentrerait ? Elle pria pour que son frère soit revenu avant elle. Martha avait besoin de tout sauf d'une nouvelle raison de s'inquiéter.

Leur mère avait vu les ennuis s'accumuler depuis que son mari l'avait quittée. Femme au foyer, elle avait été contrainte d'accepter un travail mal payé, de vendre la voiture, de s'occuper de Guillaume quand son « problème » – tel qu'elle l'appelait – s'était révélé au grand jour, et maintenant que sa fille était majeure, elle ne recevait plus aucune aide financière d'Olivier. Le boulot et le manque d'argent avaient soufflé les ultimes traces de sa jeunesse. Aujourd'hui, Martha avait le regard terne. Le poids du monde semblait peser sur ses épaules.

Ève souhaitait l'épargner autant que possible. Elle s'évertuait à la seconder de son mieux dans la maison… Guillaume ne pouvait pas rechuter et les laisser tomber, c'était impensable !

Le sol fut à peine propre qu'elle se remit à effectuer les cent pas près de la table en bois. Elle était si nerveuse qu'elle se sentait incapable d'entamer quoi que ce soit sans risquer une bévue.

Pivotant derechef vers l'horloge, ses yeux accrochèrent la planche à sa droite, juste à côté du frigidaire : l'étagère à souvenirs, comme sa mère avait plaisir à la nommer. Un endroit où toutes deux déposaient les bibelots qui leur rappelaient les jours heureux de leur vie ; un endroit où elles puisaient un peu de réconfort dans les heures difficiles. Le collier en pâtes qu'elle avait confectionné – son premier cadeau – y figurait, ainsi que le premier biberon de Guillaume et sa peluche « petit âne », qui l'avait accompagné une bonne partie de son enfance.

Ève avisa soudain un trou au milieu de l'étagère et comprit qu'un de leurs trésors s'était renversé. Elle espéra ne pas provoquer de dégâts et s'empressa d'aller le redresser. Tristesse et nostalgie la submergèrent quand ses doigts fins se refermèrent sur une figurine Kinder : une oursonne habillée en ballerine, l'un des derniers présents que Caleb lui avait offerts.

Elle se souvenait très bien du jour où il la lui avait donnée, trois ans auparavant. Le week-end de Pâques venait de s'écouler, la météo était clémente et, assis dans le jardin du jeune homme, ils mangeaient des œufs en chocolat que Meggie, sa sœur cadette, leur avait cédés. Dès que Caleb avait découvert sa « surprise », il s'était hâté de la lui mettre dans les mains et avait argué qu'il était logique qu'une figurine de danseuse appartienne à une danseuse. Suite à ça, elle avait esquissé quelques pas et essayé de l'entraîner avec elle, sans y parvenir. Elle se remémorait à quel point ils avaient ri, cet après-midi-là.

Dire qu'il y avait déjà deux ans que son ami était mort... Il lui manquait cruellement.

Du plus loin qu'elle se souvienne, Caleb avait toujours été là pour elle, dans les instants joyeux comme dans les pénibles. Elle ne doutait pas qu'il aurait été en mesure de l'apaiser jusqu'au retour de son frère. Il avait été son premier ami en ville, lorsqu'ils avaient emménagé ; lorsque son père était avec eux...

Ève contint un sourire en y songeant. Elle n'avait que quatorze ans à l'époque. Le déménagement l'avait terrifiée et lui avait enlevé ses repères. Il l'avait ramenée sept ans en arrière, quand Martha et Olivier avaient décidé de l'adopter, elle, la fillette effrayée qui avait perdu sa famille dans un accident de la route. Il lui avait fallu un temps important avant de se considérer enfin chez elle dans leur foyer.

Elle se souvenait encore de son arrivée sur place, de l'effervescence qui avait gagné ses parents et son frère aîné alors qu'ils déchargeaient les cartons du camion. Une telle agitation lui avait donné le tournis et ses craintes étaient revenues l'assaillir : se plairaient-ils ici ? Ses anciens amis l'oublieraient-ils aussi vite qu'elle le présumait ? S'en trouverait-elle d'autres ? Allait-elle être « la nouvelle » en cours jusqu'à la fin de l'année ? Tant de questions auxquelles elle n'avait pas eu de réponses dans l'immédiat !

Nauséeuse, elle avait demandé à sa mère si elle pouvait partir se promener. Elle avait utilisé un prétexte, déclaré qu'elle voulait voir leur lieu de vie, mais en vérité, ce qu'elle désirait, c'était s'éloigner de « leur » maison aux briques jaunes, prendre l'air et réduire ses angoisses.

Elle avait été forcée de constater que le quartier n'était pas désagréable. Les habitations avaient pour la plupart du charme et il y avait beaucoup de végétation — des coins où, elle l'avait su, elle aimerait se prélasser. Elle avait commencé à se détendre et laissé ses inquiétudes s'envoler une à une.

Puis elle les avait entendues : deux personnes

marchaient derrière elle et parlaient à voix basse. Ce dernier point l'avait alarmée. Elle les avait lorgnées du coin de l'œil, sans cesser d'avancer. Deux hommes, plus âgés qu'elle – dans la vingtaine sans doute. Ève avait senti un frisson lui parcourir l'échine.

Tu te fais des idées, avait-elle tenté de se rassurer. *Il faut que tu restes calme.*

— Eh ! l'avait interpellé l'un.

Olivier lui avait conseillé à plusieurs reprises de ne pas montrer sa peur. Elle n'avait donc pas réagi et s'était efforcée de ne pas presser l'allure.

— Eh, mademoiselle ! avait surenchéri le second.

Ils s'étaient rapprochés. Malgré ses bonnes résolutions, elle avait accéléré, regrettant de ne pas avoir pris sur elle et de ne pas être demeurée près de sa famille. Si seulement Guillaume avait été avec elle…

— C'est pour moi que tu as mis ton petit short ?

Un sifflement avait fusé. Ève avait serré les poings, puis cherché une échappatoire du coin de l'œil. N'importe quoi l'aurait satisfait : une boutique ouverte, un passant…

— Réponds-nous ! Sois cool.

Elle avait hâté son pas, gagnée par une panique sourde. À partir de ce moment-là, les insultes avaient jailli.

— Regarde-nous, fais pas ta salope !

— Arrête-toi, grosse pute ! On t'a rien dit de mal.

Elle se rappelait de quelle façon elle avait lutté afin de retenir ses larmes. Ce n'était pas la première fois qu'elle recevait une insanité dans la rue, mais cela n'avait jamais été si loin.

— Tu te crois trop bonne pour nous ?

Avance, s'était-elle ordonné, *repère une issue.*

— Vas-y, tire-toi, sale black !

Les mots l'avaient figée. Peut-être parce qu'elle avait souvent entendu cette infamie durant son enfance, sa crainte s'était envolée et muée en colère. Martha et Olivier s'étaient montrés clairs chaque jour où un camarade de classe l'avait injuriée sur sa couleur de peau. Personne n'avait le droit de la traiter ainsi. Et, réalisa-t-elle, personne n'avait le droit de la harceler de la sorte !

En proie à la fureur, Ève était revenue sur ses pas, prête à dire sa façon de penser aux deux abrutis et à les décourager de suivre quelqu'un d'autre à l'avenir, quand elle l'avait remarqué. Arrivé de nulle part, un adolescent grand et maigre accourait dans sa direction – et il avait l'air plutôt remonté.

Abasourdie, elle l'avait observé tandis qu'il énonçait leurs quatre vérités à deux jeunes hommes plus imposants et costauds que lui. Nonobstant son absence totale de muscles et l'impression de faiblesse qu'il dégageait, il n'avait pas tremblé un seul instant. Ses deux assaillants, qui auraient pourtant pu l'envoyer aux tapis avec facilité, étaient rentrés dans leur coquille et avaient pris la fuite.

Caleb avait seize ans quand la scène s'était produite, et jusqu'à sa mort prématurée, il était resté le meilleur ami qu'elle ait eu.

La porte d'entrée claqua et la sortit de ses réflexions. Ève reposa la figurine sur l'étagère, puis se précipita dans le salon pour rejoindre le vestibule. *Faites que ce soit Guillaume. Faites que ce soit Guillaume.* Quand elle l'aperçut, un soupir de soulagement lui échappa.

— Enfin, tu es là.

— Ouais, ouais.

Elle n'obtint pas davantage d'explications ; pas une seule excuse, rien. Sans un mot, son frère la dépassa et gagna leur salon, où il s'affala dans un fauteuil en cuir gris. Ses cheveux bruns étaient décoiffés, comme s'il avait récemment passé une main nerveuse dedans. D'un geste, il mit ses pieds chaussés sur la table basse. D'abord hébétée, Ève se plaça devant lui.

— Où étais-tu ? J'étais morte d'inquiétude ! Imagine si maman était revenue avant toi, la peur qu'elle aurait eue…

— J'étais dehors, grogna-t-il. Pas la peine de s'alarmer, le jour est toujours levé.

Elle en eut le souffle coupé. La dernière fois que Guillaume lui avait parlé de manière agressive…

Ce fut là qu'elle nota des petits détails que son contentement de le voir à la maison lui avait masqués : la légère rougeur de ses yeux, l'air insouciant – presque béat – sur ses traits anguleux et l'imperceptible tremblement de ses doigts… Guillaume avait replongé !

— Tu y es retourné, siffla-t-elle. Tu es retourné là-bas.

Il ne s'agissait pas d'une question.

— Fiche-moi la paix. Je suis un grand garçon.

— Tu avais promis, Guillaume ! Tu avais juré à maman de ne plus toucher à ces saloperies !

Face à son absence de réponse, elle se mordit la lèvre afin de ne pas pleurer. Il était inconcevable que ça se reproduise ! *C'est un cauchemar...* Leur mère ne supporterait pas une rechute. L'an dernier, la première cure de désintoxication de Guillaume lui avait porté un sacré coup au moral, si bien qu'Ève avait dû prendre la maison en charge ; pendant plusieurs mois, elle avait eu l'impression que les rôles s'étaient inversés entre Martha et elle.

Il leur avait fallu tant d'énergie, à tous les trois, pour retrouver une vie normale et que les voisins cessent de les dévisager dans la rue… Elle frémissait encore au souvenir des visages qui semblaient lui hurler des « pauvre fille » dès qu'elle les croisait. Elle n'était pas prête à les affronter de nouveau. Elle n'était pas prête à contempler l'anxiété et le découragement sur les traits de leur mère.

— Combien de temps ? questionna-t-elle.

Guillaume ne lui répondit pas.

— Depuis combien de temps reprends-tu ta merde !? l'apostropha-t-elle.

La colère et l'angoisse l'oppressaient. Son frère n'avait pas le droit de les laisser tomber après ce qu'ils avaient enduré pour le sortir de son mauvais pas ! Au fond d'elle, elle entretenait l'espoir discret qu'il n'en soit qu'à sa première rechute. Elle serait alors apte à l'aider, à l'empêcher de replonger et Martha ne risquerait pas d'entrer en dépression ; elle ne s'alarmerait pas plus qu'actuellement.

— Qu'est-ce que ça peut te faire ? ricana-t-il sur son fauteuil.

Ce que ça peut me faire ? Il ose me le demander !?
Pour peu, Ève l'aurait giflé !

Il était impératif qu'elle se calme. Elle n'ignorait pas qu'il refuserait de l'écouter et se renfrognerait s'il se sentait agressé. Elle avait déjà vécu une situation pareille une fois. Elle devait être capable de gérer.

— Je m'inquiète à ton sujet, assura-t-elle d'une voix qui trahissait sa nervosité.

Guillaume renifla mais n'émit aucun commentaire.

— J'ai besoin de savoir, s'il te plaît : quand as-tu recommencé ?

— Deux ou trois semaines.

Elle encaissa le coup, aussi douloureux soit-il. Dire qu'elle n'avait rien remarqué jusqu'à présent !

— T'as eu ta réponse, non ? Tu me fous la paix ?

— Guillaume…

Le passé ne se répéterait pas. Une telle chose était impossible, il fallait qu'elle l'arrête. Pour lui. Pour leur mère.

— Tu… tu as conscience que tu ne peux pas continuer ainsi, hein ? argumenta-t-elle. Souviens-toi à quel point notre vie était atroce il y a…

— Ferme-la ! Je m'en fiche.

La colère la regagna.

— Non. Non, pas question que je te regarde replonger là-dedans, Guillaume !

Il souffla derechef, exaspéré.

— C'est à cause d'eux ? reprit-elle. De ta « bande de potes » ? Je croyais que tu ne les fréquentais plus. Que tu avais compris que ça te détruisait. Tu nous avais promis que c'était fini ! On arrivait à repartir du bon pied, ensemble, et toi… toi tu voudrais qu'on revive l'angoisse de te perdre !? Mais ressaisis-toi ! Tu vaux mieux que ça !

— La ferme !

Sous le coup de la surprise, Ève obtempéra. Son frère s'était redressé et la toisait, menaçant. Un instant, elle imagina qu'il allait la frapper. Néanmoins, s'il en eut l'intention, il se contint.

— La. Ferme, répéta-t-il, haletant. Tu n'es pas maman, O.K. ? Tu n'as pas le droit de m'adresser des reproches.

— Je…

— Tu n'es même pas vraiment ma sœur !

La jeune femme recula. Impuissante, horrifiée par les mots qu'il venait de lui jeter au visage sans le moindre remords, elle ne fut pas en mesure de le retenir lorsqu'il la poussa et se dirigea vers le vestibule. Elle entendit la porte claquer et se rendit compte qu'elle pleurait. *Tu n'es même pas vraiment ma sœur…* Jamais encore Guillaume n'avait été si cruel avec elle.

Elle se rua dans sa chambre, puis s'adossa contre le battant fermé. Elle ne voulait pas que sa mère la voie comme ça quand elle rentrerait.

Tu n'es même pas vraiment ma sœur.

Guillaume le pensait-il ? L'assimilait-il à une étrangère malgré tout ce qu'ils avaient vécu ? Les épreuves et les bons souvenirs ?

Tu n'es même pas vraiment ma sœur.

Il l'avait pourtant prise sous son aile quand Martha et Olivier l'avaient adoptée. Leurs origines différentes n'avaient pas été un frein à leur complicité, au contraire : il était le premier à la défendre lorsqu'une quelconque réflexion la blessait.

Tu n'es même pas vraiment ma sœur.

Guillaume ne lui aurait pas dit ça s'il ne s'était pas injecté sa saloperie, elle en était convaincue ! Bien sûr, il y avait un moment qu'il se montrait plus distant envers elle – après le départ d'Olivier, son comportement s'était modifié. Mais pas au point de lui tenir de tels propos. Tout comme il l'avait toujours considérée en tant que sœur, elle le considérait en tant que frère et Martha en tant que mère. Ça ne changerait pas. Ils formaient une famille et elle refusait que la drogue les sépare.

C'est à cause d'eux, songea-t-elle avec amertume. Les amis qui avaient entraîné son aîné sur la mauvaise pente. S'il avait regagné leur « planque » et avait replongé dans ses travers, c'était forcément de leur faute. Ève les soupçonnait d'être prêts à n'importe quoi pour récupérer un « client ».

D'un geste rageur, elle essuya ses larmes et se releva. Peu importait ce que proclamait Guillaume, elle était sa sœur et comptait l'aider une nouvelle fois ! Elle ne le laisserait pas tomber ; elle pouvait réussir, elle pouvait parvenir à avouer la triste vérité à leur mère. Elle les soutiendrait tous les deux

Dans l'immédiat, hélas, il n'y avait rien à faire. Guillaume était sans doute retourné à la planque suite à leur dispute et, à cette heure avancée de la journée, il aurait fallu qu'elle soit inconsciente pour s'aventurer dans un repère d'alcooliques et de junkies ; sans oublier l'inquiétude qu'elle provoquerait à Martha lorsqu'elle rentrerait chez elle si elle ne trouvait aucun de ses enfants. Elle n'avait pas d'autre choix que d'attendre.

Tremblante, elle attrapa un CD sur l'unique étagère

de sa chambre et l'installa dans son poste radio. Il fallait qu'elle se détende avant que leur mère arrive, qu'elle soit la plus sereine possible. Au moins l'une d'entre elles devrait garder la tête froide durant les jours à venir.

Quand la musique démarra, Ève n'hésita pas une seule seconde : elle dansa. Elle s'y employa corps et âme, y mit tout son cœur. La chorégraphie exécutée l'apaisait. Elle lui procurait une douce sensation de liberté qui, le temps d'une mélodie, se révélait apte à chasser les tracas du quotidien.

Elle désira que la musique ne s'arrête pas, qu'elle l'emporte loin de ses problèmes. Elle avait dix-neuf ans. Dans à peine quelques mois, elle aurait fini ses études et entrerait dans la prestigieuse école de danse qui l'attirait. Si la chance lui souriait enfin, peut-être réaliserait-elle son rêve en y enseignant à son tour.

II

Les Envoyés

Le Démon s'enfuit avant que Caleb puisse lui assener le coup de grâce avec son coutelas. Un lâche, comme souvent. Il ne fallait pas s'attendre à mieux venant de son espèce. Sans que le jeune homme ait besoin de lui en donner l'ordre, un chien de taille monstrueuse se lança à sa poursuite, crocs en évidence. Les chances que le salopard s'en sorte étaient minces – une maigre consolation, mais une consolation tout de même.

Dès que Caleb ne fut plus en mesure de les observer, il se laissa tomber dans l'herbe. Son corps entier était endolori. Son assaillant ne lui avait pas fait de cadeaux ! Il avisa les entailles sanguinolentes sur son bras et grimaça. Deux ans qu'il La servait, et il se montrait toujours aussi imprudent… Voilà qui ne manquerait pas de Lui déplaire. Là n'était néanmoins pas sa préoccupation actuelle. Il s'en était fallu de peu que la mission soit un fiasco – elle en était déjà un, à ses yeux. Il avait été trop sûr de lui, n'avait pas procédé de la bonne façon. Et à cause de ça, cette vieille dame…

Il tourna le regard dans sa direction. Elle était encore là, bien entendu ; du moins, son corps, étendu sur le sol au bord de la berge. Seul son visage était plongé dans le ruisseau. Près de sa main droite reposait le sachet rempli du pain avec lequel elle nourrissait les canards chaque matin. Il avait suffi d'une seconde d'inattention pour qu'elle glisse et se retrouve la tête sous l'eau. Son âge avancé ne lui avait pas permis de se relever.

Caleb savait que ça se passerait ainsi. Les détails concernant son décès étaient consignés dans le dossier qu'Elle lui avait remis deux jours plus tôt. Il avait donc eu le temps de se préparer à voir la victime chuter sans intervenir – une action qui lui était interdite, à l'instar de ses pairs. Il soupira. Une nouvelle fois, ce qu'Elle avait prédit était survenu, Elle ne se trompait jamais.

Bon sang, que la pauvre âme avait souffert ! Juste parce qu'il s'était montré incompétent. Un Envoyé est tenu de vérifier la présence d'un ou plusieurs Démons sur les lieux d'un « départ ». C'était une règle simple. Une règle qu'il n'avait pourtant pas respectée.

Le chasseur avait surgi dès que la femme avait eu le crâne immergé. Caleb s'était battu avec hargne dans l'optique de l'empêcher de lui dérober son âme, car pour qu'un être profite du dernier repos, il est impératif qu'il franchisse le Voile. Il s'était échiné à le repousser et l'aurait volontiers expédié dans le Néant. Cependant, son adversaire s'était révélé plus coriace qu'il ne l'aurait cru – ses années d'errance sur Terre se comptaient sans doute en siècles.

Le combat s'était éternisé. Il n'avait réussi ni à être aux côtés de la défunte au moment fatidique ni à l'aider à traverser, la rassurer ou lui permettre d'oublier la souffrance de la noyade. Il n'avait pas eu l'occasion d'effleurer son front d'un baiser dans le but d'accélérer son passage. Le voyage de la trépassée ne s'était pas déroulé sereinement, et c'était de sa faute.

Il se sentait d'autant plus coupable qu'il avait apprécié la lutte. Pire, il l'avait souhaitée. Sa conscience lui hurlait qu'il s'agissait de la raison pour laquelle il n'avait pas pris la peine d'inspecter les environs. Il voulait qu'on l'attaque et désirait ressentir le danger d'un affrontement. Les Démons lui procuraient ce que personne d'autre n'était apte à lui offrir depuis son accident avec la voiture : l'occasion de se défouler. L'excitation qui accompagnait chacun des combats lui était devenue indispensable dans sa seconde existence. La vieille femme était morte dans la souffrance parce qu'il n'avait pas su l'occulter ; une erreur qu'il ne se pardonnerait pas de sitôt et qu'il ne commettrait plus, il se le jurait.

Peut-être à cause de sa tristesse, le vent lui parut d'un coup trop frais. Dans un mouvement sec, Caleb rabattit la capuche de sa cape courte sur son front. Elle était si grande qu'elle lui tombait presque sur les yeux. Sa couleur pourpre lui rappela ses blessures. Un rire nerveux lui échappa. Le corps reproduit par son âme n'était pas invincible.

À l'inverse de ses habitudes, il éprouva l'envie de rentrer au Royaume sans s'éterniser dans son ancien monde. Sa tâche n'était de toute façon pas terminée : il lui fallait rejoindre la vieille femme à la Frontière afin de la guider jusqu'à Elle. Il se promit d'implorer son pardon – ça n'effacerait en rien la souffrance qu'elle avait endurée, mais il le lui devait.

Une tache blanche jaillit dans son champ de vision. Flocon trottait vers lui et avait déjà troqué son apparence de chien spectral contre celle d'un simple berger suisse. Essoufflé par sa course, il arriva à sa hauteur ; sa langue pendait hors de sa gueule tant il haletait. Toutefois, ce que Caleb remarqua en premier fut le sang qui maculait ses babines et son flanc. Inquiet, il s'accroupit et l'inspecta. L'animal n'était pas blessé, ça signifiait que le chasseur avait disparu pour de bon.

— Bravo, mon grand, le félicita-t-il.

Il le caressa derrière les oreilles. Flocon jappa, se coucha, puis roula sur le dos. Amusé, Caleb lui octroya les grattouilles qu'il réclamait : il les avait méritées.

— J'en connais un qui aura droit à un bon bain quand nous serons chez nous, souffla-t-il en évitant de passer sa main dans la matière poisseuse qui recouvrait ses poils.

Et il ne sera pas le seul, songea-t-il après s'être examiné. Si sa cape n'avait pas trop souffert, il en allait différemment de sa combinaison noire. Il serait forcé d'en demander une neuve.

Encore accroupi, il arracha un morceau de tissu qui pendouillait à son bras et essuya la lame de son coutelas, qu'il rangea ensuite dans la poche fourreau de sa cuisse gauche. Il accorda une dernière caresse à son familier, puis il se releva et grimaça en raison de ses muscles endoloris. Rien que pour les soulager, il lui fallait ce bain !

— Rentrons. Nous n'avons pas terminé notre mission.

Caleb croisa les poignets sur son torse et invoqua un

portail.

*

Diane sourit en atteignant la Ruche. L'atmosphère du lieu, si familière et rassurante, l'accueillait telle une enfant de retour au bercail. Si elle tendait l'oreille, il lui semblait entendre le doux murmure des murs lui souhaiter la bienvenue.

Bien que sa dernière mission se soit déroulée vite et sans encombre, elle était ravie de revenir au palais – la Ruche, comme tous avaient l'habitude de l'appeler –, le premier endroit où elle s'était sentie chez elle. D'un pas léger, elle dépassa les deux Spectres qui en gardaient l'entrée et réussit à ne pas frémir. Un exploit, quand on savait de quoi étaient capables ces créatures.

Le grand hall était animé – elle ne se souvenait pas l'avoir déjà vu désert. Ici et là, quelques Envoyés aidaient les morts fraîchement débarqués à trouver leurs repères. Reconnaissables à leurs vêtements noir et pourpre, ils se mouvaient dans une direction identique : la salle du trône, pièce d'une taille démesurée où Elle recevait les nouveaux résidents. Certains émissaires – des âmes âgées et moins promptes à se rendre sur Terre, en qui Elle avait une entière confiance – traversaient le lieu sans s'arrêter. Leurs bras étaient chargés des dossiers qui contenaient les informations à connaître sur les mourants.

Remplir les documents était son travail à Elle ; Elle s'y activait sans relâche dès qu'une vision lui

33

apparaissait. Pour chaque âme, il y avait un dossier à classer. Une tâche qu'Elle ne déléguait pas au premier venu.

La Ruche n'abritait presque que des bibliothèques englobant les archives. La moindre porte était susceptible d'y mener. Rares étaient les pièces qui ne faisaient pas partie du lot. Plus rare encore était de les dénicher. Mais Diane était apte à les situer. Le palais ne lui réservait plus de secret. Elle en avait exploré tous les recoins et pénétré les salles les mieux cachées hormis celles qui leur étaient interdites : ses appartements à Elle, les quartiers de son Second et le Capharnaüm, lieu où attendaient d'être distribuées les fiches des futurs trépassés.

À l'instar de n'importe quel chevalier – une appellation non officielle que les siens se donnaient –, Diane possédait une habitation dans un Quartier, hors de l'enceinte de la Ruche. Cependant, elle n'y séjournait presque pas. Malgré les années, la maison appartenait toujours plus à Claire qu'à elle. Son véritable foyer était ici, à l'endroit qui lui avait permis de démarrer une deuxième vie, à l'endroit où Elle l'avait accueillie, et où elle avait prêté serment…

La jeune femme souffla lorsqu'elle gagna un escalier en marbre – le premier d'une longue série pour parvenir là où elle voulait se rendre. Elle n'avait pas eu le loisir de se reposer depuis son retour de mission. Les marches lui parurent soudain interminables. Elle regretta d'avoir congédié son chien spectral ; sur son dos, elle aurait franchi ce qui la séparait de son but en une minute !

Elle dut résister à l'envie de croiser les poignets sur

son torse. Il y avait une éternité qu'elle était au courant de l'impossibilité d'ouvrir un portail dans le palais. Les pouvoirs qu'Elle lui avait offerts avec son titre possédaient de nombreuses limites.

L'idée d'abandonner lui effleura l'esprit. Sitôt qu'elle en prit conscience, Diane oublia la fatigue et gravit les marches. Il était loin le temps où elle renonçait, où elle s'appelait Claire…

Un frisson la parcourut à la simple évocation de son ancien prénom. Claire était une fille naïve et faible. Une fille qui se laissait piétiner, qui était incapable de prendre des décisions. Une fille transparente, qui n'avait pas été fichue de découvrir qu'elle était décédée sans qu'Elle le lui explique. Plus jamais elle ne serait cette personne.

Diane se rappelait le jour de son arrivée au Royaume avec une précision étonnante. Son angoisse lorsqu'elle avait suivi l'homme qui l'avait aidée à traverser jusqu'à la salle du trône. Le léger tremblement de son corps après y être entrée. Le mélange confus de sa peur et de son soulagement en L'apercevant, digne et altière.

Elle avait deviné qu'Elle serait sa Reine – comme Elle l'était pour tant d'autres – et qu'elle pouvait lui accorder sa confiance. Un éclat très doux était passé dans ses yeux lorsque leurs regards s'étaient rencontrés ; une fraction de seconde qui avait tout bouleversé. Si Diane n'avait pas su réduire définitivement sa crainte au silence, elle avait compris qu'un avenir meilleur lui tendait les bras.

La maîtresse des lieux lui avait ensuite demandé si elle désirait conserver son identité. L'idiote qu'elle était n'avait pas réalisé la chance qu'Elle lui offrait et avait accepté. Elle restait et resterait Claire, du moins le croyait-elle. Elle n'avait changé d'avis qu'en devenant son Envoyée.

Au départ, Diane n'avait pas discerné les motivations de Son choix. Elle avait même pensé à une punition : contrairement à ses pairs, elle se satisfaisait de sa deuxième existence. La Terre et son ancien quotidien ne lui manquaient pas ; elle n'en gardait que de mauvais souvenirs. Pourquoi lui avait-Elle intimé d'y retourner, si ce n'était dans le but de la sanctionner ? Diane avait été si convaincue qu'Elle l'appréciait qu'elle s'était sentie blessée par sa décision. Elle n'avait saisi cette dernière qu'en rentrant chez elle, après sa première mission.

Elle s'était examinée dans le miroir – pour quelle raison déjà ? Elle ne réussissait pas à se le remémorer – et avait été choquée. Le reflet renvoyé n'était pas celui de Claire.

De la fille sans assurance, trop maigre, au teint pâle et aux cernes prononcés, il ne restait rien. Durant une dizaine de minutes, les mains appuyées sur le meuble sous le miroir juste à côté d'un collier en coquillages, elle avait contemplé une jeune femme avec davantage de formes, aussi déterminée que sereine ; une femme qui n'avait plus l'air si fatiguée et abattue. Sa peau était toujours claire, mais elle n'avait rien de maladif. De son ancienne apparence ne demeurait que ses longs cheveux filasses. L'endroit l'avait transformée sans qu'elle s'en rende compte. Il lui avait permis de renaître.

Sa Reine avait noté ces changements avant elle. Son choix ne relevait pas d'un châtiment, mais d'une deuxième chance. Elle lui offrait l'opportunité de prouver sa valeur, de témoigner qu'elle n'était pas qu'invisible. Elle l'avait désignée parce qu'elle lui accordait sa confiance et l'autorisait à l'épauler, à chasser les parasites qui entravaient sa tâche. Qu'importe le ressentiment que lui inspirait alors le monde des vivants. Un jour, peut-être serait-elle amenée à la servir ici, au sein du palais.

À l'époque, tout lui avait paru soudain si clair ! Diane s'était rendu compte qu'elle attendait cela depuis une éternité. Elle avait enfin l'occasion de montrer de quel bois elle était faite à une personne qui la voyait telle qu'elle était : une battante.

Elle avait ri, puis s'était éloignée du miroir pour y revenir sitôt une paire de ciseaux attrapée. Sans la moindre hésitation, elle avait coupé ses longues mèches brunes jusqu'à ce qu'elles atteignent le haut de sa nuque, adoptant la coiffure qu'elle arborait encore. Elle avait pris une importance décision : ne plus jamais être Claire. Si Elle percevait une chasseresse en elle, elle se métamorphoserait en chasseresse et ne La décevrait pas. À partir de ce jour-là, chacun au Royaume l'avait appelée par le nom qu'elle s'était choisi afin d'embrasser sa nouvelle existence.

Diane dépassa une double porte en chêne massif et s'arrêta. Amusée, elle recula. Perdue dans ses réflexions, elle ne s'était pas aperçue que ses pas l'avaient menée là où elle le désirait.

Elle ne put s'empêcher de sourire quand elle parvint en face de l'entrée. La pièce n'était pas interdite et n'importe qui était autorisé s'y rendre. Cependant, elle était persuadée d'être l'une des rares personnes à connaître le moyen de la déverrouiller. L'huis ne s'ouvrait pas de façon normale, il était inutile de le tirer ou de le pousser. Pour pénétrer les lieux, il fallait demander la permission et avancer. La porte répondait immanquablement de manière positive à ses prières, Diane était donc confiante lorsqu'elle s'approcha des battants en bois.

Une sensation de pression familière la saisit. En un rien de temps, elle se retrouva du côté opposé, plongée dans une douce pénombre. Le jardin caché était de loin la partie de la Ruche qu'elle préférait.

Diane se doutait qu'il était Sa création. Il lui ressemblait : majestueux et serein, sombre mais tranquillisant. Comme Elle, il paraissait inquiétant si l'on n'y prêtait qu'une attention dérisoire – et au palais, peu étaient capables d'observer consciencieusement ! Une nuit de pleine lune s'y étirait sans fin, reposante telle une soirée d'été. Plantes et fontaines se partageaient l'endroit. Trois bancs en marbre tentaient les visiteurs. Tout l'invitait à se détendre.

Diane s'y prélassait après ses missions, lorsque son bref passage chez les mortels lui rappelait trop son ancienne vie. Dans le jardin, ce qui se rapprochait de près ou de loin à Claire disparaissait progressivement, remplacé par une agréable quiétude.

Avant d'aller s'asseoir, elle savoura le moment et abaissa ses paupières.

Un jour, je n'aurai plus à me rendre sur Terre. Je La servirai ici et gagnerai le jardin dès que j'en éprouverai l'envie.

— Bonjour, Diane.

Elle sursauta – elle n'avait pourtant remarqué personne quand elle était entrée ! – puis pivota vers la nouvelle arrivante.

La Mort était sans conteste une belle femme. Élancée, elle avait un maintien de souveraine. Ses cheveux blonds rehaussés en une coiffure noble apportaient une prestance supplémentaire à celle qu'elle possédait naturellement. Ses grands yeux noirs, terrifiants lorsqu'Elle se mettait en colère, semblaient vous sonder. Son air était sévère, mais pas effrayant – pas pour elle.

Autour du cou, Elle portait un fin collier de perles blanches ; un bijou qui contrastait avec sa robe sombre. En dégageant la naissance de ses seins et les épaules, ladite tenue sublimait ses courbes. Elle moulait ses formes sans les rendre provocantes et indiquait qui était maître en ces lieux. Personne ne savait en quelle matière le tissu était constitué. Toutefois nul ne doutait que la Mort elle-même l'avait créé. Ses manches longues et sa traîne s'étiraient en une brume légère, formant de discrètes fumerolles au moindre pas qu'Elle faisait.

Diane avait beau la connaître, son élégance l'époustouflait toujours.

— Ma Reine, la salua-t-elle, étonnée qu'Elle ne soit pas dans la salle du trône. Pardonnez-moi, je ne voulais pas vous déranger.

— Ce n'est pas le cas, rassure-toi. Ta mission s'est-elle déroulée au mieux ?

— Un succès, Majesté.

Un sourire lui répondit.

— Viens donc t'asseoir près de moi. Je n'ai guère eu

d'occasions de discuter depuis que…

Elle n'acheva pas sa phrase, mais Diane devina les mots qu'elle avait failli dire : *depuis que Ryan nous a quittés*. Il avait été son Second si longtemps que sa Disparition dans le Néant avait été un choc. Elle ne s'expliquait pas ce qui lui était passé par la tête. Le fou avait insisté pour retourner dans son ancien monde et avait demandé à recevoir une mission alors qu'il possédait déjà tout ici. Son vœu lui avait été fatal : il avait perdu son combat contre un Démon, un foutu parasite !

Le Royaume était une seconde chance unique, qui pouvait être vite gâchée. Disparue, une âme n'existait plus…

Diane s'inquiéta de la tristesse qu'elle percevait sur les traits de sa suzeraine. Un mois que le tragique événement avait eu lieu, et la peine était encore si présente sur son visage. Oh bien sûr, chaque Disparition, qu'il s'agisse de celle d'une simple âme ou celle d'un chevalier, l'affectait – Elle tenait à n'importe quel habitant. Mais d'habitude, Elle reprenait rapidement le contrôle de ses émotions.

Hélas, la « mort » de Ryan la bouleversait particulièrement et Diane appréhendait qu'Elle ne s'en remette pas, d'autant plus qu'Elle n'avait pas choisi un remplaçant au jeune homme. La place de Second demeurait vacante et même un idiot comprendrait qu'Elle n'était pas en mesure d'assurer seule la création des dossiers ainsi que leur distribution *ad vitam aeternam*. Elle avait besoin d'un assistant, et le plus tôt serait le mieux.

Diane convoitait cette place. Devenir Seconde signifierait avoir l'entière confiance de la Mort, être son Envoyée la plus proche. Devenir Seconde voudrait dire qu'elle n'aurait plus à aller sur Terre, qu'elle n'aurait rien à prouver ! Elle connaissait le travail de Ryan par cœur et n'avait pas manqué une occasion de La servir. Elle méritait ce travail ; elle avait effectué sa tâche corps et âme.

Elle s'installa auprès d'Elle et, tout en s'efforçant de bannir la curiosité dans sa voix, elle l'interrogea :

— Pardonnez-moi de vous demander cela. Je sais que le sort de Ryan vous pèse beaucoup, mais… avez-vous songé à l'être à qui vous donnerez son poste ?

Sa Reine ne lui répondit pas et elle craignit d'avoir été trop directe. La Disparition de Ryan était un sujet que peu évoquaient au palais.

— Je suis désolée si mes paroles vous ont peinée, ajouta-t-elle, sincère.

La Mort était la dernière personne qu'elle souhaitait blesser. C'était grâce à Elle que Claire n'était plus.

— Ta question est légitime. Le travail de Ryan doit continuer, avec ou sans lui, j'en ai conscience. Je n'ai pas arrêté mon choix : des missions importantes seront attribuées à son successeur, je ne peux me permettre une erreur.

Diane n'en avait jamais commis. Si Elle la sélectionnait, elle ne doutait pas qu'elle saurait se montrer à la hauteur. *C'est mon destin*, se répéta-t-elle. *Je n'ai vécu une vie humaine que dans le but d'être un jour Seconde !*

— Je le conçois, répondit-elle. Si… s'il est dans mes

moyens de vous être utile en attendant que vous arrêtiez votre choix, ce serait un immense plaisir de vous soulager de quelques devoirs, Majesté.

Elle aurait fait n'importe quoi afin qu'Elle soit sereine. Une tâche ingrate à ses côtés valait mieux qu'une mission chez les mortels.

— Je t'en remercie. Pour l'heure, je n'ai besoin que de compagnie, puis j'irai reprendre les audiences. Les nouveaux arrivants ne sont pas très bavards.

Diane ne la contredit pas. Elle-même avait à peine prononcé trois mots lors de son entrevue. À l'instar de nombreuses âmes avant elle, elle s'était sentie déboussolée et apeurée en apprenant son décès, en découvrant qu'elle serait contrainte d'évoluer dans un monde étranger. Des appréhensions qui, par chance, n'avaient pas duré.

— Quand es-tu rentrée ? lui demanda son interlocutrice.

— Il y a deux heures, je dirais.

Rien que le temps de guider le défunt qu'elle était allée chercher jusqu'à la salle du trône, puis de passer chez elle laver les traces de son combat avec les parasites.

— Aurais-tu croisé Caleb ? Lui non plus n'était pas censé tarder à revenir.

— Je ne l'ai pas aperçu. J'en suis désolée.

— Ce n'est rien. Je suis convaincue qu'il m'avertira en personne de son retour.

Diane grimaça. Caleb était une véritable épine à son pied.

Il était tout ce qu'elle ne supportait pas : insouciant,

sûr de lui, désireux de se rendre chez les vivants. Il avait eu le toupet d'affubler l'une des créations de leur souveraine d'un sobriquet ridicule ! Flocon était l'unique chien spectral baptisé. Elle n'aurait guère été étonnée d'apprendre qu'il désignait également les Spectres par un surnom…

Malgré son comportement frôlant souvent l'irrespect, la Mort semblait très attachée à lui, ce que Diane avait beaucoup de mal à comprendre. Caleb ne lui témoignait pas l'estime à laquelle Elle avait droit ; seule sa fonction de chevalier l'intéressait et, bien qu'il ait toujours honoré les règles propres à son rôle, son imprudence avait plus d'une fois failli lui coûter cher ! Pourtant, Elle prenait sa défense et ne le remettait pas en cause. Par moments, Diane avait le sentiment qu'Elle lui accordait davantage sa confiance qu'aux autres Envoyés, et cela la terrifiait.

Il n'était pas rare que sa Reine passe un instant en sa compagnie, comme maintenant – une attention qu'Elle n'octroyait d'ordinaire à personne. Elle y avait vu une preuve qu'Elle l'appréciait, une sorte de lien entre elles qu'elle affectionnait. Mais avec l'arrivée du jeune homme au Royaume, Diane n'était plus l'unique personne à partager une certaine proximité avec Elle. Chaque jour qui s'écoulait était un jour où elle craignait d'être effacée par Caleb, d'être à nouveau aussi transparente que Claire.

Elle ne pourrait l'accepter ! Elle ne saurait tolérer qu'il lui vole ce qui comptait le plus à ses yeux. Au fil de ses réflexions, une pensée s'insinua dans son esprit, terrifiante et inadmissible.

Et si c'était Caleb qu'Elle choisissait pour Second ?

III
Sans issue

Deux ans plus tôt.

Caleb s'employait à maîtriser sa respiration. Assis sur un large canapé brun, la tête entre les mains, il tentait de ne pas paniquer.

La découverte du bungalow, juste après avoir été reçu en personne par la prétendue Faucheuse, avait été un véritable choc. De la baie vitrée jusqu'au tableau dans sa chambre, chaque objet représentait ce qu'il avait toujours souhaité pour son futur logis ; il aurait volontiers présumé que tout s'était retrouvé là par magie.

Ça ne devrait même pas être possible !

Quelque chose clochait avec les lieux, il en était persuadé. On lui faisait une farce et elle était mauvaise ! Où était-il ? De quelle façon y était-il arrivé ?

Caleb se revoyait quitter les cours, s'apprêter à rentrer chez lui, puis… puis il avait ressenti une sorte d'impact très douloureux et distingué un vague éclair blanc. Les événements étaient flous, il avait l'impression qu'un voile l'empêchait de se remémorer convenablement ce qu'il s'était produit.

M'a-t-on drogué ? s'alarma-t-il. Non, improbable. Seuls ses souvenirs lui échappaient. Pour le reste, s'il omettait sa panique, il se sentait bien. *Un coup au crâne ?* L'hypothèse était envisageable…

La fille qui affirmait être une Envoyée lui avait annoncé qu'il avait été renversé par une voiture. Si cette partie de l'histoire était plausible, la suite ne l'était pas. Diane n'avait cessé de lui jurer qu'il était mort, rien que ça ! Plus il s'était entêté à lui ouvrir les yeux – il se tenait là, bon sang ! Juste devant elle ! –, plus son ton était devenu sec et cassant. Le pire restait qu'elle était convaincue par ses paroles. Elle était soit excellente actrice, soit folle à lier.

Caleb laissa son regard dériver dans le salon où il réfléchissait. Accroché en hauteur, un écran plat le dominait de sa largeur. En dessous, une cheminée diffusait deux ou trois flammes et rendait l'endroit chaleureux. Comme si elle n'attendait que lui, une étagère qui comportait toutes les séries qu'il aimait ou aurait aimé visionner remplissait le mur de gauche. Moins longue que le canapé, une table basse accueillait une dizaine de BD.

À l'instar de sa chambre – la vraie, chez lui –, la pièce contenait peu ou prou de bibelots. Il détestait leur propension à prendre de la place et la poussière. Le seul élément tape-à-l'œil présent était une planche en bois colorée où s'entassaient plusieurs livres – et bien qu'il n'ait pas été vérifier, le jeune homme était persuadé qu'il s'agissait des rares bouquins qu'Ève avait réussi à lui donner envie de lire ! Tout était calme ; il flottait dans l'air une odeur unique, mélange de cannelle et de renfermé.

La nausée le saisit derechef. Quoi qu'en pense Diane, il n'était pas chez lui ici et il ne le serait jamais ! Dire qu'hier encore, il aurait vendu son âme pour acquérir un tel bungalow… Il était loin d'imaginer qu'il existait, mais qu'il perdrait l'ensemble de ce qu'il possédait afin d'en profiter.

C'est un cauchemar. Il faut que je rentre chez moi.

Mais dans quelle direction se situait son chez-lui ? Par où chercher ? Caleb ne connaissait rien de cet endroit. Pour ce qu'il en savait, il pouvait être n'importe où à l'heure actuelle. *Réfléchir, je dois réfléchir.* Il fallait qu'il garde les idées claires s'il désirait se sortir de là et ne pas terminer aussi cinglé que les individus qu'il avait croisés. Il y avait forcément un indice, un petit rien qu'il n'avait pas remarqué sur le moment. Le contraire était inenvisageable. Il lui suffisait de retracer les événements survenus dans les dernières heures.

Sans deviner comment, il s'était réveillé derrière une sorte d'immense château biscornu en pierre noire, allongé dans l'herbe – c'était son souvenir le plus net. La bâtisse l'avait impressionné, tant par sa taille que par son étrange géométrie : les étages supérieurs étaient plus larges que les inférieurs. Toutefois, il ne s'y était pas attardé, car Diane se tenait à ses côtés et avait l'air d'être impatiente qu'il se relève.

« Je t'avais promis que tout se passerait bien », lui avait-elle déclaré. Néanmoins, même après s'être creusé la tête, Caleb ne s'était pas rappelé l'avoir aperçue ou entendue avant – pourtant, vu la drôle de cape qu'elle portait, il était inconcevable qu'il l'ait juste oubliée ! Maintenant, avec du recul, sa voix lui paraissait familière. Son ton doux lui évoquait… quoi exactement ? Il n'en avait aucune idée.

Il lui avait demandé où il était en tentant de masquer son inquiétude. Elle s'était contentée de lui annoncer son trépas et il avait commencé à douter de sa santé mentale. De moins en moins agréable au fil de leur conversation, elle avait fini par le sommer de la suivre. Sur le coup, Caleb avait obéi ; elle avait beau être folle, la perspective de se retrouver seul dans un lieu dont il ignorait tout ne l'avait pas charmé.

Il l'avait talonnée à l'intérieur du palais, qu'ils avaient pénétré par une porte dérobée. Les personnes présentes à l'intérieur – dont beaucoup portaient la tenue que Diane arborait – s'étaient désintéressées d'eux tandis qu'ils atteignaient ce qu'elle avait appelé la salle du trône. « La Mort va te recevoir », avaient été les ultimes mots de sa guide.

En entrant, Caleb avait vite saisi que « la Mort » était la femme assise au fond. Son aura dégageait une importance similaire au château, une grandeur identique ; Elle gouvernait l'endroit, il n'en avait pas douté une seconde. *Je devrais avoir peur*, avait-il songé alors qu'il s'avançait vers Elle. Cependant, il avait distingué une lueur dans ses pupilles, une lueur qui exprimait la solitude. Sans s'expliquer pourquoi, il avait éprouvé de la sympathie à son égard.

Perdu, il avait attendu qu'Elle lui adresse la parole. Plusieurs individus se tenaient droits devant lui dans une file rangée, et il avait été rassuré de constater qu'aucun ne portait de cape rouge. Pour autant, ils n'avaient pas l'air normaux. Ils patientaient en silence, le regard hagard, et ne semblaient pas conscients de leur environnement. L'idée que ces gens et lui avaient été drogués lui était apparue pour la première fois, en particulier quand il avait eu l'impression d'entrevoir la robe de « la Mort » remuer sans qu'Elle bouge !

Caleb s'était ordonné de rester calme. S'il avait douté d'obtenir une quelconque réponse des autres êtres, cette femme lui avait paru parfaitement lucide. Il avait espéré lui arracher le nom de sa prison.

Son tour était arrivé et sa beauté l'avait interdit. Tout en Elle respirait l'élégance. Subjugué, il avait été incapable de prononcer un mot tandis qu'Elle récapitulait ce qu'Elle savait de lui – il n'avait même pas cherché à comprendre par quel moyen Elle le connaissait si bien.

Ensuite, Elle était passée aux circonstances de son trépas. Il était enfin sorti de sa léthargie et avait protesté. Bon sang, il n'était pas décédé ! Pourquoi s'acharnait-on à lui assurer le contraire ? Elle ne l'avait pas écouté et l'avait dévisagé avec une insistance mêlée de douceur ; il s'était surpris à penser qu'il l'intriguait. L'étincelle de solitude dans ses prunelles était revenue et avait titillé sa curiosité. Qui que soit cette femme en réalité, la tristesse était pour Elle une amie de longue date.

Caleb se souvenait de la seule question qu'Elle lui avait posée : voulait-il conserver son nom ? Il éprouvait encore l'envie d'en rire. Bien sûr qu'il gardait son identité, il n'avait pas la moindre raison d'en changer ! Il avait donc accepté et Elle lui avait touché le front. Un simple effleurement en vérité. À peine une seconde plus tard, Elle lui avait souri, puis déclaré qu'il pouvait se rendre chez lui.

Comment ? avait-il souhaité lui demander. Pourquoi un tel cirque si on le laissait repartir ? Mais déjà, Elle avait engagé une nouvelle conversation. Dépité, il était resté paralysé une ou deux minutes avant de se décider à sortir. Personne ne lui disait où aller ? Soit. Il s'était senti prêt à rentrer dans son foyer à l'aveugle !

Diane l'avait rejoint sitôt la porte franchie. Sa première idée avait été de l'ignorer, mais ses propos l'avaient encouragé à changer d'avis :

— Je vais te conduire chez toi.

— Vraiment ?

— C'est mon rôle d'Envoyée.

Caleb s'était forcé à lui sourire ; peu lui importait qu'elle soit folle tant qu'elle le ramenait auprès des siens.

La suite de ses souvenirs était floue et tendait à lui confirmer qu'on l'avait drogué. De quelle façon expliquer les bizarreries qu'il avait observées sinon ?

Diane avait croisé ses poignets contre son buste, puis quelque chose avait surgi. Il avait vu – croyait avoir vu – une sorte de déchirure jaillir juste en face d'elle, pareille à un éclair blanc ouvrant sur un gouffre sans fond. Effrayant. Il n'y avait que ce mot à même de qualifier le phénomène. Quoiqu'à présent, « impossible » lui paraissait être un terme tout aussi approprié.

D'un geste, sa guide l'avait invité à y entrer.

— Pas question, avait-il protesté.

Il avait vécu assez de singularités pour la journée et n'avait plus qu'un seul désir : que cette farce s'interrompe.

— Quel courage ! l'avait-elle raillé. Ne t'en fais pas, tu n'es pas le premier à refuser de prendre un portail.

— Un portail ?

Diane avait soupiré, puis l'avait poussé.

— Saute dedans. Ne m'oblige pas à t'y forcer.

À contrecœur, et parce qu'elle avait l'air sérieuse, Caleb s'était exécuté. Il avait craint une chute sans fin. Cependant, il ne s'était rien passé de tel. Ses pieds avaient déserté le sol et de légers picotements l'avaient parcouru. Le temps de le réaliser, il avait derechef senti une terre ferme sous ses chaussures. Il avait ouvert les yeux, inconscient de les avoir fermés, pour apercevoir l'habitation – qui de l'extérieur ne s'apparentait pas à un bungalow ! – où il était actuellement.

— Bienvenue chez toi, avait grogné Diane.

— Il ne s'agit pas de ma maison.

— Si.

La colère l'avait gagné. Caleb s'était exhorté au calme. Ses nerfs n'avaient pas été loin de le lâcher à force de fixer le mur de briques blanches, le toit en ardoise rougeâtre et la porte en bois clair qui le narguaient.

— Je pensais que j'étais libre de rentrer chez moi.

— Tu l'es, avait assuré Diane. C'est ici chez toi, désormais. Personne ne revient en arrière.

— Mais…

— Entre, au lieu de maugréer. Je n'ai jamais rencontré une âme si instable au Royaume !

Caleb s'était interdit de répliquer : un deuxième dialogue de sourds avec elle ne le tentait pas. Il s'était exécuté, avait pénétré dans le salon du bungalow et était resté bouche bée.

— C'est une blague ? avait-il craché en pivotant vers la jeune femme. De quelle façon avez-vous pu vous procurer ça ? Qui est derrière une farce aussi grotesque !?

— Bienvenue chez toi, avait-elle répété.

Puis elle avait quitté les lieux et refermé la porte derrière elle.

Depuis, il était là, assis sur le canapé.

Des souvenirs pareils ne me servent à rien ! se lamenta-t-il. Il n'en savait pas plus sur l'endroit où on le retenait, et encore moins sur le moyen de rentrer chez lui ! Ses parents devaient être morts d'inquiétude. Et Meggie ! Bon sang, Meggie… Elle sanglotait déjà quand il partait en soirée et ne lui lisait pas une histoire. Elle se demandait sans doute pourquoi son grand frère n'était pas revenu et se croyait peut-être abandonnée. La tristesse submergea Caleb lorsqu'il y songea.

Épuisé par les événements, il ne se rendit pas tout de suite compte qu'il pleurait. Un pressentiment lui affirmait qu'il ne se réapproprierait pas son quotidien de si tôt…

Non !

Il se leva d'un bond. Pas question de se laisser abattre ! Il fallait qu'il trouve une solution, qu'il sorte de là. Il existait forcément un moyen ! Son père lui disait souvent : si l'issue est inaccessible, cherches-en une deuxième.

Sa détermination recouvrée, il se rua sur la porte d'entrée, qui s'ouvrit sans peine. Diane ne l'avait pas enfermé. Qu'elle n'ait pas pris cette peine malgré son désir de le voir rester dans son « chez-lui » l'alarma. Pour quelle raison ne ressentait-elle pas le besoin de le cloîtrer ? Pourquoi présumait-elle qu'il ne s'enfuirait pas ? Qu'est-ce qui la rendait si sûre d'elle ? Caleb n'était pas certain d'aspirer à le découvrir.

Il regarda autour de lui, à l'affût d'un repère, puis se figea, soudain pétrifié. Bon sang, où était-il tombé ?

De chaque côté de la rue s'élevaient des habitations analogues. Toutes étaient de couleurs et dimensions semblables. Elles se faisaient face dans une symétrie parfaite ; même les entrées et les jardins étaient jumeaux. On aurait sans problème imaginé que la première demeure avait subi un copier-coller le long de la route. Plus étrange, le trafic était inexistant. Pas un véhicule, motorisé ou non, ne le dépassa. Le silence qui régnait était terrifiant, oppressant.

Qu'est-ce qui ne va pas ici !? Caleb en eut la chair de poule.

Un second constat s'imposa à lui : il était seul. La rue ne contenait pas âme qui vive, pas un chat. *Je dois partir.* Il récupéra le contrôle de ses jambes. Il marcha lentement et guetta le moindre mouvement, pas sûr que Diane, les siens ou cette femme seraient ravis d'apprendre qu'il était dehors. Mieux valait se montrer prudent.

Néanmoins, tandis qu'il gagnait une deuxième rue, l'angoisse l'opprimait tant qu'il augmenta son allure. Le décor était identique au premier… Pareil pour l'allée suivante ! Où diable avait-il atterri ?

Il faut que je découvre une issue !

Sans réfléchir, Caleb se mit à galoper, toujours plus vite, toujours plus loin. Il était urgent qu'il quitte la ville fantôme. *Ne ralentis pas*, se répéta-t-il à plusieurs reprises. *Fonce jusqu'à localiser une sortie.* Il s'arrêta toutefois lorsqu'un détail attira son attention. Le paysage avait changé. Quoique changer soit un mot un peu fort, ça ressemblait à de légères modifications. La symétrie dérangeante entre les habitations demeurait présente, l'endroit était désert, mais le style des lieux n'était pas comparable. Il était… plus vieux. Caleb n'était pas apte à le définir différemment.

Intrigué, il poursuivit sa route. Il courut jusqu'à sentir ses jambes s'engourdir. Il courut au point d'être incapable de dénombrer les rues qu'il franchissait. De temps en temps, il repérait une nouvelle variation. Sa première impression ne l'avait pas trompé : plus il progressait, plus les demeures et leurs environs avaient l'air anciens.

À bout de souffle, il finit par s'arrêter au beau milieu d'une chaussée qui lui rappelait les années soixante. Ici, les changements étaient plus visibles. Bien que similaire dans leurs formes, les maisons arboraient différentes peintures sur leur façade, dont la plupart étaient très criardes. Pourtant, ce n'était pas ce qui occupait ses pensées. Il n'avait remarqué d'issue à aucun moment !

La panique lui enserra la gorge. Il n'avait jamais entendu parler d'un tel endroit. Qu'on lui joue une farce lui apparaissait dorénavant improbable. Pour autant, il ne parvenait pas à accorder du crédit à sa prétendue mort. Il lui était arrivé un malheur, oui. Mais quoi ? Par quel miracle réussirait-il à se sortir d'un mauvais pas pareil ? La situation était désespérée.

Tout aussi désespéré, Caleb se remit à courir. Que pouvait-il essayer d'autre ?

Ses membres s'ankylosaient à chaque foulée. Bientôt, la sueur lui colla à la peau et la fatigue menaça de le submerger. Cependant, il ne voulut pas abandonner. Il se battrait sans relâche, quoi qu'il advienne ; ce n'était pas aujourd'hui qu'il plierait le genou. Il trouverait un moyen de s'enfuir, il se le jurait !

Ses enjambées se firent plus petites, sa respiration hasardeuse, mais il s'acharna. Sa cavalcade se transforma en marche. Malgré tout, il continua. Il avança jusqu'à ce que son corps déclare forfait pour lui.

Sans qu'il soit en mesure de s'en empêcher, il chuta au sol.

Il ouvrit les yeux. Sa vision, d'abord trouble, lui permit de distinguer un plafond blanc au-dessus de lui. Il massa ses tempes. Bon sang, que sa tête était douloureuse !

Que s'était-il passé ? Où était-il ? Ses jambes étaient si lourdes qu'il avait l'impression d'avoir couru pendant…

La mémoire lui revint. Caleb se redressa, les sens en alerte. Puis il observa son environnement. L'écran plat fut la première chose qui accrocha son regard.

Il était de retour au Bungalow.

Pris au piège.

IV

La rancœur de Diane

Diane soupira. La pile en face d'elle diminuerait-elle un jour ?

Quand la Mort lui avait demandé son aide pour gérer les trépas les plus proches pendant qu'Elle se chargeait des nouvelles âmes, elle s'était sentie flattée et rassurée. La tâche incombait d'ordinaire à son Second. Qu'Elle la lui ait déléguée témoignait de la confiance qu'Elle avait en elle. Toutefois, après deux heures de travail à contempler une montagne de dossiers qui, malgré ses efforts, ne paraissait pas s'amoindrir, il y avait de quoi être découragé.

Courage, ma fille. Tu ne dois pas La décevoir, se répéta-t-elle.

Elle refusait d'abandonner. Tant que les décès des cinq prochains jours n'auraient pas été attribués, elle ne quitterait pas la pièce, elle s'en était fait la promesse ; d'autant plus qu'il lui avait fallu un temps considérable pour trouver les documents dans le Capharnaüm. Chaque fiche que sa Reine rédigeait y était entreposée jusqu'à ce qu'on vienne la chercher – un devoir du Second. Diane n'ignorait pas que beaucoup y resteraient des années : la Mort voyait des fins bien avant l'heure. Ryan avait pris l'habitude de les trier sur place et de ramener celles des arrivées imminentes dans son bureau afin de s'occuper de la distribution. Elle avait donc décidé de procéder à l'identique.

L'endroit témoignait encore de la présence de Ryan. Pourtant, Diane y avait tout de suite été à l'aise. Elle aimait l'atmosphère qu'il dégageait, son ambiance semblable à celle d'un grenier ou d'une boutique d'antiquaire. Elle raffolait des meubles en chêne vernis, des murs peints en brun taupe, du tapis en poils sous ses pieds. Elle s'enivrait de l'odeur des vieux papiers ainsi que de la danse des particules de poussière, visible dès que les rayons du soleil passaient au travers des deux hautes fenêtres.

Comme le démontraient un lit de camp et une poignée d'effets personnels, l'ancien Second n'avait pas beaucoup vécu dans la maison qui lui avait été octroyée. Sur certains points, il n'avait pas été très différent d'elle. La Mort l'avait-Elle remarqué ? Était-ce pour cela qu'Elle lui permettait de gérer les dossiers ? Leurs similitudes l'aideraient-elles à obtenir le poste qu'elle convoitait avec force, ou joueraient-elles au contraire contre elle en rappelant à sa souveraine qu'elle n'était pas Ryan ? Diane s'interdit d'y réfléchir. Elle désirait croire en ses chances coûte que coûte. La pensée que Caleb pouvait la supplanter la torturait assez, elle n'avait pas besoin de se donner des raisons supplémentaires d'appréhender la décision de sa Reine.

Songer à son rival lui arracha une grimace. Comme Elle l'avait prédit, il n'avait pas tardé à rentrer de sa mission. L'Envoyé les avait rencontrées tandis qu'elles se dirigeaient vers le bureau de Ryan. *Son ancien bureau,* se corrigea Diane. Le sourire qui avait illuminé le visage de la Mort lui avait une fois de plus fait craindre de ne pas devenir Seconde. Cependant, ce n'était rien comparé à la rage qui l'avait gagnée lorsque Caleb lui avait adressé la parole : « Tiens, il y a un moment qu'on ne s'était pas croisés, Petit Chaperon rouge. »

Par les Spectres, qu'elle exécrait ce sobriquet ! Caleb le lui avait donné lorsqu'il s'était rendu compte que, contrairement à la plupart des chevaliers et à lui, elle n'enlevait jamais sa cape courte ; pas même lorsqu'elle n'avait aucune obligation à accomplir. Il était incapable de comprendre que le vêtement représentait la personne qu'elle était aujourd'hui, qu'il contribuait à chasser Claire.

Diane ne savait pas ce qui l'insupportait le plus : le surnom dont le jeune homme l'avait affublée ou son attitude. Il la considérait comme une moins que rien ! Certes, elle avait gardé l'apparence qu'elle avait lors de son dernier soupir, celle d'une adolescente de quinze ans. Une apparence qu'elle avait inconsciemment décidé d'adopter dans sa seconde existence, à l'instar de tant d'autres. Néanmoins, elle était plus âgée que lui. Elle était au Royaume depuis cinquante ans quand on l'avait chargée de récolter son âme. Il avait souvent tendance à l'oublier !

Diane s'était efforcée de ne pas répliquer, pas devant Elle – un tel manque de respect ne lui ressemblait pas –, mais il lui payerait un jour sa moquerie. Claire acceptait qu'on lui marche sur les pieds, elle non.

Elle regarda la pile de chemises cartonnées. Elle souffla, puis en attrapa une au hasard. La liste de ses pairs prêts à recevoir une affectation était placée juste à sa droite. Il ne lui restait qu'à choisir. Une responsabilité qui s'avérait plus compliquée qu'il n'y paraissait, car l'erreur ne lui était pas permise et il lui fallait bien se renseigner. Rien ne devait entraver le bon déroulement de « l'expédition ».

La Mort avait établi des règles strictes afin de s'en assurer : 1) Un Envoyé est tenu de ne pas interférer dans un décès. 2) Un Envoyé n'est pas autorisé à se montrer aux vivants, avec une unique exception pour le « condamné » qu'il aide à franchir le Voile. 3) Un Envoyé a l'interdiction de chercher à demeurer sur Terre, son seul habitat étant maintenant ici.

La tâche actuelle de Diane consistait à rendre lesdites règles faciles à appliquer. Premièrement, elle vérifiait que la personne désignée n'avait pas de liens avec le mourant afin d'éviter une tentative d'intervention. Ensuite, elle prenait garde à ce que le lieu du « départ » lui soit inconnu – la nostalgie en incitait plus d'un à ne pas revenir. Enfin, elle veillait à ne pas affecter un individu trop sensible à un trépas trop violent ; tous n'étaient pas prêts à affronter cela.

Pour l'aider dans sa décision, la bibliothèque de l'ancien Second contenait les fiches des siens. Elle avait pris soin de lire celles des noms qui étaient sur la liste avant de commencer l'attribution et n'eut donc pas le moindre mal à se prononcer sur qui se consacrerait au travail qu'elle étudiait.

Et un de plus, songea-t-elle en laissant tomber le

feuillet sur une petite pile à sa gauche.

Les arrivées du lendemain étaient à présent distribuées. Une bonne chose de réalisée. Dès qu'elle aurait fini, Diane s'empresserait de les apporter aux Envoyés concernés.

Elle ne se rappelait pas avoir déjà observé un tel retard. De mémoire, elle avait reçu ses propres missions au minimum dans les trois jours précédant la date fatidique, ce qui lui permettait d'examiner le dossier et de ne risquer aucun impair. L'heure était grave. Il était impératif que sa Reine élise un Second et le plus tôt serait le mieux. Diane comptait lui prouver dès aujourd'hui qu'elle était digne du rôle.

Les décès des cinq prochains jours, se répéta-t-elle tandis qu'elle attrapait un autre feuillet.

Elle le lut avec soin et lui trouva preneur. Un travail facile, comme elle les aimait. À ce rythme et avec un peu de chance, elle terminerait plus vite que prévu. Mais en jetant un coup d'œil à la liste devant elle, Diane se demanda s'il y aurait assez de chevaliers disponibles pour déléguer cinq jours de pertes humaines.

Sans doute pas, constata-t-elle.

Ses plans tombaient à l'eau. Il lui faudrait attendre le retour de ses collègues occupés dans leur ancien monde. Cependant, elle pouvait éplucher les documents restants dans l'optique de se constituer une avance, puis les distribuer en fonction des premiers arrivés. Oui, c'était exactement ce qu'elle allait faire.

J'ajoute aussi Caleb sur mon registre...

Il lui avait en effet sollicité une expédition lorsqu'il avait appris où elle se rendait. Rien d'étonnant, à vrai dire : depuis qu'il était l'un des leurs, Caleb accumulait les missions. Il ne demeurait jamais trois jours d'affilée au Royaume. Au début, Diane avait douté de lui et de sa capacité à respecter le règlement, convaincue qu'un jour il ne rentrerait pas. Elle avait eu tort : il était toujours revenu. Oh, elle n'irait pas jusqu'à affirmer qu'il appréciait désormais son existence à leurs côtés, mais plus le temps passait, plus il s'y accoutumait. *Tôt ou tard, chaque âme finit par accepter sa place ici.* Elle espérait juste que Caleb n'acceptait pas la sienne au point d'être nommé Second.

Elle choisit une nouvelle chemise et l'ouvrit. La photo de la future trépassée fut le premier élément qu'elle remarqua. Elle avait vu son visage auparavant, elle en était certaine ! Intriguée, elle parcourut le folio avec attention.

Qui es-tu ?

L'avait-elle aperçue sur Terre ? Sa mémoire lui jouait-elle des tours ? Sa lecture lui fournit vite une réponse. Partagée entre l'horreur et la joie, Diane ne sut que penser.

Elle avait enfin déniché le moyen d'évincer son rival.

V

Révélations

Deux ans plus tôt.

Sa troisième tentative de fuite s'était révélée vaine. Caleb n'avait de cesse de chercher une échappatoire. Deux semaines et toujours aucun espoir d'évasion. Le temps devenait long et la vue du bungalow lui était insupportable. Il l'évitait dès que possible et passait le plus clair de ses journées dehors à examiner chaque rue avec minutie. S'il existait la moindre faille à sa prison, il la détecterait.

À force d'errer, il avait fini par apercevoir quelqu'un à l'occasion, mais soit il s'agissait d'un individu vêtu d'une cape rouge – à l'instar de la dénommée Diane –, soit il tombait sur une personne au moins aussi bizarre que l'endroit où on le retenait. Ceux qu'il avait croisés ne paraissaient pas se rendre compte de l'étrangeté des lieux. Un air béat sur le visage, ils trouvaient ici un bonheur qu'il ne parvenait pas à comprendre. De deux choses l'une : ou bien il était fou, ou tous l'étaient.

Par moments, le jeune homme avait envie de croire

qu'on ne lui avait pas menti, qu'il était effectivement mort et condamné à rester là pour l'éternité. L'accepter lui permettrait de se détendre, de s'adapter enfin à sa situation. Néanmoins, ça reviendrait à renoncer et tant qu'il n'était pas sûr de la vérité, il s'y refusait.

Certains détails le taraudaient. Pourquoi s'inquiétait-il de la façon dont sa famille jugeait sa disparition sans avoir le sentiment qu'elle lui manquait ? Pour quelles raisons ne se rappelait-il pas des éléments qui le concernaient, comme s'il les avait oubliés ? Et pourquoi ne réussissait-il pas à décider de ses futurs actes ni à se remémorer ce qu'il avait « abandonné » derrière lui ?

D'autres points, en revanche, le confortaient dans ses hypothèses : il connaissait encore la faim, la soif, le sommeil. Il sentait la douleur et éprouvait des émotions – des sensations de vivants, et s'il était vivant, il devait partir de là.

À condition qu'il y ait une issue…

Fatigué de rechercher une sortie qui n'existait peut-être pas, Caleb s'assit au pied d'un arbre, sur la pelouse d'un parc désert – l'un des rares coins de verdure qu'il avait pu dénicher. Ses réflexions le tourmentaient.

Des réminiscences l'avaient envahi durant les derniers jours. Diane ne l'avait pas trompé. Il avait de toute évidence été renversé par une voiture, juste après les cours. Cependant, elle avait omis de lui dire qu'elle était sur place.

Caleb se souvenait de la souffrance ; elle avait été insupportable, à deux doigts de lui voler sa conscience. Mais il avait lutté et s'était battu… jusqu'à ce que cette fille arrive. Par un moyen qui demeurait obscur, elle avait obtenu sa confiance. D'une voix douce, elle lui avait demandé de se détendre, de fermer les yeux et il avait obtempéré ! Il ne s'expliquait pas pourquoi, mais les faits étaient là.

Elle m'a manipulé. Elle m'a forcé à lui obéir.

Visiblement, elle l'avait ensuite emmené ici. Il fallait juste qu'il découvre son but – vu sa situation, il ne serait pas étonné d'apprendre que le véhicule qui l'avait fauché lui appartenait.

Une déchirure fendit soudain l'air à deux ou trois pas de lui. Il sursauta, puis se reprit du mieux qu'il put. *Un portail*, se souvint-il. *Ils appellent ça un portail.* Cette fois, impossible de nier leur existence. L'angoisse le gagna. Bon sang, il nageait en plein délire !

Diane apparut, flanquée d'un chien blanc qui se calait sur ses mouvements. Elle se dirigea vers lui sans que la moindre hésitation passe sur son visage sévère.

Comment a-t-elle deviné que j'étais ici ? s'interrogea-t-il, suspicieux.

— Caleb ?

Sa voix ne ressemblait pas à celle, si tendre, qui l'avait rassuré et convaincu de se détendre ce jour-là. Sans être désagréable, elle était plus dure, plus déterminée. Il acquiesça afin de montrer qu'il écoutait.

— Notre Reine veut s'entretenir avec toi.

Caleb n'ignorait pas de qui elle parlait : « la Mort ». Si elle ne lui mentait pas, Elle patientait sans doute dans son étrange château.

— Pourquoi ?

— Elle te l'expliquera. Suis-moi.

— Et si je refuse et préfère rester là ?

Diane lui sourit.

— À ton aise. Mais je te préviens : tu risques de ne pas apprécier ce qu'Elle enverra pour te chercher.

« Ce » ? L'endroit ne cache pas que des illuminés ?

Il s'avança vers elle.

— Tu acceptes donc de me suivre ? le nargua-t-elle.

— Je n'ai pas trop le choix.

— On l'a toujours.

Il ricana, aussi nerveux qu'en colère.

— On ne peut pas dire que tu me l'aies laissé, le jour de l'accident.

— C'était différent.

— En quoi ?

Son interlocutrice soupira :

— Tu saisiras bien assez tôt, crois-moi.

Son ton était sec, tranchant. Il n'osa pas répliquer.

Elle n'est pas commode. Pas du tout.

— Suis-moi, lui ordonna-t-elle à nouveau en ouvrant un portail.

Le chien y bondit en premier, puis elle l'invita à y aller. Moins indécis que lors de sa première expérience – il savait ce qui l'attendait désormais –, Caleb sauta dans le passage. Sans surprise, il atterrit dans le palais ; en sortait-Elle seulement, par moments ?

Il regarda autour de lui. Un couloir vaste sans fenêtre ni lampe, pourtant éclairé par la lueur du jour. *Je rêve...* Diane le rejoignit. D'un pas assuré, elle se dirigea vers une large porte en chêne.

— Notre Reine va te recevoir.

Elle fronça les sourcils et ajouta :

— Je te conseille de lui témoigner un peu plus de

respect qu'à moi.

Caleb ne répondit pas et retint un cri quand elle l'agrippa et le poussa devant elle. Il bascula, puis passa au travers de la porte. Il ne retrouva son équilibre que de justesse ! Il releva les yeux et demeura muet. Il se situait dorénavant dans un jardin en pleine nuit.

Je deviens cinglé, se désespéra-t-il. *Ce cauchemar n'aurait-il jamais de fin ?*

« La Mort » le salua d'un geste, installée sur un banc en marbre. Ne sachant de quelle manière réagir, il la dévisagea en silence. À nouveau, malgré sa prestance et l'aura qu'Elle dégageait, il ne parvint pas à éprouver de la crainte. Il y avait un éclat si triste dans ses pupilles...

Elle le gratifia d'un sourire tendre :

— Approche, mon enfant.

— Je ne suis pas votre enfant.

Les mots avaient fusé sans qu'il ait le temps de les contenir. « La Mort » ne s'en offensa pas.

— J'aime considérer ceux que je protège comme mes petits. Mais si tu le préfères, je t'appellerai Caleb à l'avenir.

— Merci.

— Assieds-toi, je t'en prie.

D'un geste, Elle lui désigna le banc en face du sien. Le jeune homme obtempéra.

— J'ai cru comprendre que ta vie avec nous ne te satisfaisait pas ?

Davantage une affirmation qu'une réelle question... Néanmoins, il hocha la tête.

— Diane m'a raconté que tu te promenais souvent dans les Quartiers. Ta maison ne te plaît-elle pas ?

— Ce n'est pas chez moi.

— Maintenant si, j'en suis navrée, souffla-t-Elle.

La colère le saisit.

— Non. Non, tu ne l'es pas !

Caleb hoqueta. Venait-il de la tutoyer ?

Contre toute attente, Elle sourit.

— Tu es bien le premier à oser me parler de la sorte.

— Vous n'êtes pas… fâchée ?

— Non. Il m'amuse de constater qu'au moins un habitant n'est pas terrifié, au point même d'en oublier le vouvoiement que chacun a adopté sans que je le lui impose.

— Ce ne sont pas tes… vos directives ? l'interrogea-t-il, hésitant.

Il s'étonna de l'entendre rire. Un son doux, agréable.

— Tutoie-moi, Caleb ! Cela ne me dérange pas.

Il écarquilla les yeux. Elle n'avait rien en commun avec l'idée qu'il s'était fait de la Faucheuse sur Terre.

— Tu remettras peut-être mes paroles en cause, reprit-Elle, cependant je suis sincèrement désolée que tu sois *obligé* de demeurer à nos côtés. J'observe les vivants depuis de nombreuses années. Trop nombreuses. Il m'est aisé d'imaginer que leur monde te manque.

Encore cette histoire de prétendu décès ! Lui disait-Elle la vérité ? Caleb ne pouvait en être sûr. Tout attisait sa méfiance. Son impression de ne pas y voir clair ne le quittait pas.

— Je t'ai demandé de me rejoindre parce que je soupçonne que tu ne te plais pas dans mon Royaume.

Il déglutit avec peine. Avait-il raison de penser qu'Elle s'attendait à ce que tous se complaisent ici ?

— Et… c'est mal ?

— Non, le rassura-t-Elle, juste pas fréquent.

— Pourquoi ?

« La Mort » le dévisagea, songeuse. *Elle hésite.*

— Je t'en prie, réponds-moi. Je sens qu'un je-ne-sais-quoi cloche en moi ! J'ai oublié… des trucs importants, il me semble. J'ai besoin d'apprendre pourquoi.

Caleb s'étonna. Les mots et le tutoiement sortaient avec tant d'aise lorsqu'il s'adressait à Elle ! À nouveau, il surprit une tristesse infinie dans ses pupilles.

— As-tu remarqué des gens pendant tes promenades ? le questionna-t-Elle.

En arrive-t-on enfin aux explications ? Vais-je découvrir pour quels motifs on m'a enlevé ?

— Non, presque personne.

Elle opina.

— C'est parce que peu ou prou d'âmes ressentent la nécessité de mettre leur nez dehors. Leur nouveau lieu de résidence les rend heureuses. Elles en omettent le temps, le décor qui les entoure. Elles mènent une seconde existence. Une existence plus calme et sereine. Petit à petit, leur ancienne vie s'évapore de leur esprit et un beau jour, il ne leur reste qu'une douce nostalgie et le souvenir de ceux qui la partageront un jour avec elles.

Caleb se figea ; Elle ne le trompait pas, il le devinait à son expression. *Suis-je vraiment mort ? N'ai-je plus la moindre chance de m'enfuir ?* Les portails qu'il avait regardé s'ouvrir et les propos de Diane se rappelèrent à sa mémoire. Ils étaient bien trop réels pour n'être qu'une farce.

Non… Non !

Il lutta afin de ne pas quitter le jardin en courant. Bon sang, il n'avait pas vingt ans ! Il ne méritait pas un sort pareil ! Les derniers mots de son interlocutrice sur les âmes qui peuplaient les lieux achevèrent de le terrifier. Malgré l'impression de gentillesse qu'Elle dégageait, peut-être devrait-il avoir peur d'Elle en fin de compte. Le même avenir lui était-il réservé ? Son passé s'effacerait-il ?

— Comment… Comment fais-tu ça ?

— C'est l'effet du Voile : le passage qui sépare le monde des vivants et celui des défunts. Lorsque les âmes le traversent, elles laissent « des choses » derrière elle.

— Que veux-tu dire ?

— Elles oublient. Ce sont ces choses abandonnées, ou plutôt leur absence, qui leur permettent d'accepter leur fin, de ne pas chercher à rentrer chez elles.

Caleb tressaillit. Il savait maintenant pourquoi plusieurs détails le titillaient, pourquoi sa famille ne lui manquait pas autant qu'elle l'aurait dû. Et il n'appréciait pas. Ce qu'il avait perdu lui appartenait. On n'avait pas le droit de lui arracher une parcelle de son être de la sorte !

Il serra les poings. Il ne désirait pas s'énerver contre Elle. D'après ce qu'il venait d'entendre – si Elle ne lui mentait pas –, Elle n'était pas responsable du phénomène. Il n'avait aucun mobile pour s'emporter dans l'immédiat, surtout que le processus du fameux Voile n'avait pas marché sur lui, pas assez. Il aspirait à partir, à retrouver ses habitudes et son quotidien.

— Moi, poursuivit la Mort, je me contente d'accueillir les trépassés lorsque leur heure sonne, de m'arranger afin que leur arrivée se déroule au mieux. Je frôle leur esprit et vois ainsi certains de leurs anciens vœux. Grâce aux pouvoirs que j'ai en mon Royaume, je peux m'assurer que leur « chez-eux » corresponde à leurs souhaits. Je peux m'assurer que leur existence ici soit douce et agréable.

— C'est pour ça que tout avait l'air parfait au bungalow, saisit-il. Tu l'as créé quand tu m'as touché.

Elle sourit et confirma son raisonnement.

— Mon but est de permettre aux âmes d'être heureuses et en harmonie. Sans conflits entre elles, il y a moins de chance qu'elles disparaissent.

Caleb ne sut pas ce qu'Elle entendait par là et n'osa pas l'interroger. Elle était sur le point de lui révéler une information supplémentaire, il le sentait.

— Il est possible que des défunts franchissent le Voile sans perdre entièrement ce qu'ils étaient censés y abandonner.

Comme moi, songea-t-il.

— Pourquoi ?

— Je n'ai hélas pas la réponse à ta question. Je suppose qu'il s'agit d'eux, de leur volonté à ne pas mourir, à ne pas oublier leurs expériences. Ils ne s'adaptent pas à la vie que je leur présente.

Elle attendit, espérant sans doute une réaction. Puis Elle ajouta :

— Tu ne t'adaptes pas.

Caleb esquissa un sourire. Il n'était pas en mesure de tromper la Faucheuse.

— Que se passe-t-il dans ces cas-là ?

— Je leur offre la proposition que je m'apprête à te

faire.

Son estomac se contracta.

— Qui est ?

— Veux-tu devenir mon Envoyé ?

Il la regarda et l'étonnement se peignit sur ses traits. Qu'était-ce encore que cette histoire ?

La Mort s'expliqua :

— Les Envoyés sont mes chevaliers. Je les charge d'aider les futurs arrivants à franchir le Voile. Diane, que tu connais déjà, est l'une d'entre eux.

Son sang se glaça.

— Je refuse ! Je ne pourrai jamais forcer personne à choisir sa fin, à te choisir, toi ou ton Royaume.

Plutôt mourir une seconde fois…

— Forcer quelqu'un à…. Comment ?

La fureur de Caleb s'atténua. Son interlocutrice était-Elle bonne comédienne ou la stupeur qu'il apercevait sur son visage était-elle sincère ? Il n'avait qu'un seul moyen de le découvrir.

— J'ai tenté de résister contre le froid.

Comment définir la sensation qui l'avait envahi ? Il n'en avait aucune idée. Par bonheur, la Mort opina. Elle savait de quoi il voulait parler. Bien sûr qu'Elle savait.

— Diane m'en a empêché. Pour que je m'éteigne.

— Par les Spectres, Caleb !

Dire qu'Elle était horrifiée était un euphémisme. Il ignora de quelle façon réagir, surpris par le tressaillement dans sa voix. Jusqu'à ce qu'Elle reprenne la parole, il resta pétrifié sur son banc.

— Je suis désolée que tu aies imaginé que… si j'avais été au courant, je te l'aurais expliqué plus tôt.

Enfin, il retrouva ses facultés.

— M'expliquer quoi ?

— Lorsque je charge mes émissaires d'aller récupérer une âme, elle est condamnée, qu'elle lutte ou non. S'il subsiste la possibilité qu'elle survive, aucun de mes agents n'intervient avant d'être sûr. Caleb… avec ou sans Diane, même si tu avais résisté, tu serais mort.

Le jeune homme en demeura pantois. Ses doigts se serrèrent davantage contre ses paumes et y incrustèrent la marque de ses ongles. *Pourquoi moi ? Pourquoi maintenant !?* Il devait s'agir d'un cauchemar !

Il inspira un grand coup. Ce n'était pas le moment de flancher.

— Je suis désolée, Caleb. Je le suis en toute bonne foi.

Il acquiesça. Elle ne pouvait rien pour lui, il comprenait au moins ça.

— Donc, vos Envoyés empêchent les âmes de souffrir inutilement, n'est-ce pas ? Ils essaient de faire en sorte que leur trépas soit fini au plus vite.

Diane m'a aidé…

— Oui. Atténuer leur douleur était leur unique rôle, au départ. Les choses ont évolué depuis lors.

— Que veux-tu dire ?

— C'est une longue histoire. Es-tu prêt à l'entendre ? À accepter ce que je vais te raconter et à faire ton choix ensuite ?

Bien qu'il ne soit sûr de rien, Caleb hocha la tête. Son envie de connaître la vérité était plus forte que tout. S'il était dans l'impossibilité de quitter les lieux, il avait besoin d'éléments afin de l'admettre, de décider si on le manipulait. Il désirait La croire, continuer à penser qu'Elle était incapable de lui causer le moindre mal.

La Mort se leva et il devina son trouble. Pourtant, sa prestance ne s'envola pas. Il présuma qu'Elle était entraînée à rester maîtresse d'Elle-même quels que soient les événements. L'expérience sans doute. Elle n'était pas née d'hier…

Sans trébucher sur un seul mot, Elle l'entretint des chevaliers. Les premiers étaient similaires à lui, des âmes sur lesquelles les effets du Voile n'avaient pas fonctionné. N'ayant pas rencontré de cas semblables auparavant, Elle avait d'abord été désarçonnée. Que devait-Elle faire ? Ils paraissaient si malheureux !

Un jour, alors qu'Elle scrutait les vivants, il lui était venu une idée pour améliorer le sort des âmes en peine. Si mener une existence simple dans son Royaume ne leur convenait pas, si la Terre leur manquait tant, pourquoi ne les y enverrait-Elle pas dans le but de l'assister ? Elle n'était pas capable de leur rendre la vie qu'elles avaient perdue, mais leur accorder des excursions dans leur monde d'origine lui était permis et une telle opportunité l'arrangeait.

Elle avait observé de nombreux individus souffrir lors leur passage, lutter en vain et augmenter leur agonie. Ses Envoyés les apaiseraient. Ils pourraient abréger leur douleur et les aider à traverser. Ils pourraient l'épauler. Elle n'aurait plus à gérer son univers seule.

Les premiers Envoyés avaient vu le jour et exécuté beaucoup de tâches sur Terre. Ils avaient l'air heureux dans leur rôle et Elle s'était félicitée pour son idée ; du moins jusqu'à ce que les premiers Démons apparaissent…

Plusieurs missionnés, convaincus qu'Elle se jouait d'eux et les empêchait d'évoluer librement sur Terre, avaient soudain refusé de continuer leur assignation et n'étaient pas rentrés. Elle avait tenté de les raisonner, de les rappeler à Elle, mais ils n'avaient rien voulu entendre et avaient dépassé l'échéance durant laquelle Elle était en mesure de les maintenir en son pouvoir. Pour eux, le portail s'était refermé. À moins d'être accompagnés par un autre chevalier, regagner le Royaume leur était proscrit. Ils étaient condamnés à rester sur Terre, mais n'appartenaient pas au commun des mortels. Sans Ses facultés, ils étaient invisibles à leurs yeux.

La Faucheuse avait pleuré sur leur sort. Jusqu'au jour où ils avaient commis l'irréparable : voler l'âme d'un défunt avant qu'elle ne traverse le Voile, avant qu'un Envoyé soit sur place.

Elle avait compris qu'ils s'échinaient à retrouver leur mortalité en les accumulant. Hélas, cela n'avait pas marché et ne marcherait pas, Elle l'avait pressenti, tout comme Elle avait su qu'ils privaient des êtres innocents du repos auquel ils avaient droit. Elle n'avait pas pu le tolérer ! Ces êtres n'étaient plus des Envoyés en rébellion. Par leur acte, ils s'étaient souillés. Ils étaient tombés en disgrâce. Ils étaient devenus des… des Démons ! Le mot s'était imposé à Elle telle une évidence.

En ayant à cœur d'aider les trépassés qui rejoindraient son Royaume, elle avait créé des agents capables de les apaiser et leurs exacts opposés. Il était de son devoir d'empêcher ces derniers de nuire.

Elle avait donc attribué un nouveau rôle à ses émissaires : protéger les âmes, les défendre des Démons au péril de leur seconde existence. Même si Elle ne le souhaitait pas, Elle avait conscience de ce qu'ils risquaient. La Disparition dans le Néant, dimension où rien ne subsistait.

Lorsqu'Elle s'était rendu compte que l'avantage n'était pas de son côté, Elle avait derechef usé de son pouvoir. Aussi blancs que des fantômes, les chiens spectraux avaient été invoqués et distribués à chacun de ses Envoyés. Folle de rage des actes commis par les Démons, en qui Elle avait jadis eu confiance, il ne lui avait fallu qu'une seule nuit pour les façonner. Tout en s'arrangeant pour rester leur unique maîtresse, Elle avait chargé les animaux de veiller sur ceux à qui ils étaient octroyés. Plus personne ne serait autorisé à récolter la moindre âme !

La technique s'était avérée payante et l'était encore aujourd'hui : s'il arrivait qu'un de ses « employés » passe du côté des chasseurs, la plupart lui étaient fidèles année après année.

Caleb l'écouta avec une grande attention. Il avait le sentiment d'être cinglé et ne parvenait pas à y croire, mais il sentait qu'Elle ne mentait pas. Ses propos le firent réfléchir à sa proposition. S'il n'était pas obligé de forcer quelqu'un à mourir, s'il aidait les âmes à traverser, quel mal y avait-il à être un Envoyé ? Ce serait toujours mieux que de croupir dans un tel lieu ! Toutefois, il ne désirait pas oublier la possibilité d'être manipulé. Se pardonnerait-il d'avoir expédié des gens ici ? Dans un endroit qu'il ne supportait pas ?

Comment choisir ?

Caleb repensa à ce que la Mort avait dit : Elle autorisait les missionnés à se rendre dans leur ancien monde. En venant augmenter leurs rangs, il le pourrait également. Peut-être réussirait-il à retourner chez lui ? À distinguer le vrai du faux ?

Oui, il fallait qu'il soit un chevalier. Pour son bien et, il l'espérait, pour le bien des vivants ainsi que de leur âme.

— Je suis d'accord, déclara-t-il à la femme en face de lui. Si tu veux de moi, j'accepte d'être ton Envoyé.

VI
Le dossier

Précédé par Flocon, Caleb passa l'entrée de son bungalow pour la seconde fois depuis son retour de mission. D'ordinaire, il ne s'autorisait à y rentrer qu'après avoir récupéré la « cible » de son dossier à la Frontière. Aujourd'hui cependant, il avait préféré y faire un saut pour enlever toute trace de sa bataille avec le Démon. Apparaître amoché et accompagné d'un chien aux poils ensanglantés face à la vieille dame ne lui avait pas paru être une bonne option.

Il était inévitablement la première personne qu'elle avait vue à son réveil. Jusqu'à ce qu'elle soit installée dans le Quartier qui correspondait à la décennie de son décès, il serait son Envoyé. Comme promis, il avait imploré son pardon. Une réaction inutile : elle ne se rappelait pas de lui et semblait avoir acquiescé à sa demande par pure politesse.

Il aurait dû s'en douter… Le Voile avait effacé chaque souvenir douloureux lié à sa noyade de son esprit. Dès qu'il lui avait annoncé son trépas, elle l'avait cru sur parole. Dans un jour ou deux, un sourire béat ornerait son visage et elle n'aurait plus à cœur de partir d'ici. En attendant, elle allait être reçue par la Mort. Lui ne pouvait rien pour elle.

Caleb n'avait encore jamais observé une file si longue devant le trône. Une conséquence de la Disparition de Ryan, il le pressentait ; Elle n'avait plus été la même suite à ça. Il espérait que la situation s'arrangerait.

Une chance que Diane soit là afin de L'assister.

Bien qu'il n'affectionnait pas beaucoup la jeune femme, Caleb était obligé d'admettre qu'elle était la plus efficace des émissaires. Elle ne refusait aucune besogne, ne se pardonnait aucune erreur et avait également accepté d'effectuer la distribution des dossiers. Une tâche qu'il lui laissait volontiers ! Il se sentait incapable de rester enfermé au palais à trier alors qu'il avait la possibilité de s'en aller en expédition sur Terre. Sans ce travail pourtant, il n'aurait pas de rôle à remplir. Il était donc reconnaissant envers Diane de s'en occuper — surtout que tant qu'elle se chargeait des attributions, elle n'était pas en train de le mépriser.

Il ne comprenait pas pourquoi elle le détestait ainsi, mais il était sûr d'une chose : l'éternité ne suffirait pas pour l'aider à obtenir un sourire sincère de sa part. D'ailleurs, mieux valait ne pas la taquiner, elle n'était pas très commode. Caleb préférait ne pas trop la croiser.

Pas comme aujourd'hui, songea-t-il en déposant le feuillet qu'elle lui avait remis sur sa table basse.

Lorsqu'il lui avait sollicité une affectation le plus vite possible, il ne s'était pas attendu à ce qu'elle le prenne au pied de la lettre. Il en venait à oublier que la requête s'était transformée en une plaisanterie entre Ryan et lui. L'ancien Second n'avait rien ignoré de son désir de rallier la Terre – deux ans au Royaume n'avaient pas réussi à lui ôter de la tête que sa mort était le pire événement qui lui soit arrivé.

Si Caleb se fiait à la froideur avec laquelle Diane lui avait tendu le dossier, elle n'avait pas apprécié son « caprice ». Elle voyait sans doute d'un mauvais œil le fait qu'il se rende si souvent sur Terre. Ce ne serait pas la première fois qu'elle le suspectait d'être un futur Démon…

Il balaya ses pensées, puis se dirigea vers la salle de bain, où il troqua sa tenue de travail contre un blue-jean et un T-shirt large à l'effigie de Kermit la grenouille. Caleb ne put que sourire en apercevant son reflet dans le miroir ; il n'était pas convaincu que sa propre famille le reconnaîtrait. Grâce à ses combats contre les chasseurs d'âmes, son apparence était passée de celle d'un adolescent malingre à celle d'un jeune homme finement musclé. S'il était condamné à avoir dix-neuf ans *ad vitam aeternam* – un choix inconscient de son être –, son physique, lui, restait modulable. À se regarder aujourd'hui, il avait envie de dire qu'il s'agissait du seul point positif de sa seconde vie.

D'un pas calme, il regagna le living. Sa mission ne se déroulerait que dans deux jours, il avait le droit de s'octroyer une pause. Pareil à une ombre, son familier le suivit ; dès que Caleb s'affala dans le canapé, il sauta à ses côtés et posa son museau contre ses jambes.

Caleb adorait Flocon. Rien que pour lui, il ne regrettait pas d'être un chevalier. Il ne parvenait pas à expliquer l'attitude de ses comparses, pour qui les chiens spectraux n'étaient qu'un moyen de vaincre les Démons et qui les envoyaient promener dès leur devoir sur Terre accompli. Ils n'accordaient nul crédit aux émotions de leur compagnon. On pouvait penser qu'à leurs yeux, le fait qu'Elle les ait créés les rendait aussi détestables que les Spectres. Il fallait cependant être aveugle pour imaginer que Flocon ou l'un de ses pairs avaient quoi que ce soit en commun avec les abominables protecteurs.

Machinalement, Caleb caressa le crâne de l'animal. S'asseoir dans le canapé avec lui était un rituel après le boulot. Un moment de paix avant d'enchaîner avec une nouvelle expédition. Il attrapa la télécommande – il y avait si longtemps qu'il n'avait rien regardé. Néanmoins, il se ravisa et la reposa. Il avait un dossier à lire et l'éternité devant lui afin de visionner autant de séries qu'il lui plairait.

Il se pencha, puis saisit son affectation du bout des doigts. L'aspect de ces dernières n'avait pas changé en deux ans : une bête chemise brune dans laquelle étaient glissées la fiche de la presque âme ainsi qu'une feuille regroupant toutes les informations utiles. Il prit plaisir à essayer de visualiser comment sa tâche se produirait.

Lui faudrait-il s'occuper d'un homme, d'une femme ? D'une personne âgée ou jeune ? D'un enfant ? Où se rendrait-il ? Reviendrait-il sur le continent où il était né ou irait-il plus loin ? En Asie ? En Amérique ? Ailleurs ? Y aurait-il beaucoup de chasseurs d'âmes sur place ? Serait-il contraint d'assister en silence à un trépas doux ? Violent ? Caleb espéra que ce soit la première solution. Les décès brutaux, les meurtres et autres atrocités, le fait qu'il ne *devait* rien tenter pour les défunts, tout ça lui retournait l'estomac. Enfreindre les règles était si séduisant quand de telles souffrances le percutaient…

Bon, voyons ma chance avec mon ami Hasard, se dit-il. *Je vais aller chercher l'âme d'un homme âgé, mourant à cause d'une quelconque maladie, en Amérique du Sud.*

À peu près sûr et certain d'avoir faux – une habitude –, il finit par ouvrir le fameux dossier, puis le parcourut du regard.

Son expression se figea.

Quand la fiche lui échappa des mains, Caleb comprit qu'il s'était trompé. Sa mort était loin d'être la pire chose qui pouvait lui arriver.

VII
Retrouvailles

Diane s'était levée tôt pour s'assurer que son plan fonctionnait. Si Caleb ne réagissait pas de la façon dont elle l'escomptait, tout tomberait à l'eau ; elle le craignait plus qu'elle n'était prête à l'admettre. Elle s'était montrée trop impulsive en lui remettant le dossier, elle en avait conscience maintenant.

L'Envoyée avait pris un grand risque. Au moindre faux pas ou changement vis-à-vis de ce qu'elle avait présumé, elle était perdue. Une seule erreur, et elle dirait adieu au poste qu'elle convoitait.

Caleb doit se conduire comme je l'ai envisagé. Aucun retour en arrière n'est possible.

Dissimulée dans l'ombre d'une haie, elle patientait. Ses yeux étaient rivés sur le bungalow du jeune homme. Assis à ses pieds, son chien spectral s'étira et bâilla. Diane avait tenu à l'emmener avec elle. Si les événements se déroulaient au mieux, Caleb irait sur Terre et elle le suivrait. Il était donc plus prudent que l'animal l'accompagne. Là-bas, nul n'était à l'abri d'une attaque de parasites.

Nerveuse, elle jetait régulièrement un coup d'œil

derrière elle. Qu'une âme la remarque n'était pas grave. Qu'un autre chevalier la surprenne l'était davantage. Il lui fallait se montrer discrète. Bien que l'idée la répugne, elle regrettait de ne pas avoir pensé à enlever sa cape pourpre, car elle était facilement détectable.

Claire y aurait songé. À devenir transparente. C'était une seconde nature chez elle...

La porte du bungalow s'ouvrit. Diane chassa ses réflexions et observa son collègue sortir de chez lui, vite imité par Flocon – le canidé le talonnait si souvent qu'il était aisé de le confondre avec son ombre. Elle s'étonna du calme que Caleb affichait. N'avait-il pas encore lu le dossier ? Non, c'était impossible. Une façade ? Avec lui, rien ne la surprenait…

Que vas-tu faire ? Te rendre sur Terre ou au palais ?

Si elle souhaitait conserver une chance d'être nommée Seconde, il était nécessaire qu'il aille dans leur ancien monde. Son instinct lui affirmait qu'il agirait ainsi. L'inverse n'était pas envisageable !

Son rival croisa les poignets sur son torse. Un portail apparut face à lui, dans lequel il s'engouffra sans la moindre hésitation.

Systématiquement laisser passer le familier avant. Un Démon peut déjà être présent sur les lieux du décès et te prendre en traître.

Même si Diane avait été en mesure de se confronter à Caleb, lui répéter ces propos aurait été vain. Depuis le temps, elle était bien placée pour savoir qu'il n'obéissait qu'à ses propres règles.

Quand elle aperçut Flocon disparaître dans la déchirure, elle espéra ne pas s'être fourvoyée et invoqua un passage à son tour. Elle pensait connaître l'endroit où son confrère partait. Mieux, elle visualisait où atterrir afin de ne pas être repérée.

D'un geste, elle ordonna à son chien de traverser, puis le suivit, prête à vérifier ses théories. Elle ferma les yeux et le picotement habituel la saisit. Les premières fois, quand elle n'était qu'une novice, elle avait trouvé la sensation dérangeante. Aujourd'hui, elle la rassurait.

Ses pieds rencontrèrent un sol doux et moelleux. De l'herbe. Diane n'eut pas besoin d'ouvrir les paupières. Elle devina qu'elle était exactement où elle désirait être. Elle avait beau ne pas être vantarde, elle éprouvait une certaine fierté quant à la fiabilité de ses portails.

Du coin de l'œil, elle chercha Caleb. L'heure de vérité avait sonné.

Pourvu que je n'aie pas fait fausse route, pria-t-elle. *Pourvu qu'il soit là.*

Lorsqu'elle le localisa deux ou trois mètres devant elle, elle s'entendit soupirer de soulagement. Son intuition ne l'avait pas trompée. Il se dirigeait vers la maison de sa mission.

Elle la détailla. Une simple habitation mitoyenne de quartier, semblable à celle qu'on apercevait dans la plupart des cités : mur en crépi, toit en tuiles orangées, jardin minuscule contre l'entrée. Elle n'avait plus qu'à patienter jusqu'à ce que l'émissaire commette la faute qu'elle attendait tant. Et il la commettrait, Diane en était persuadée ! Il ne se serait pas déplacé pour une autre raison. Il lui suffirait alors de jurer qu'il lui avait dérobé le dossier de la fille. Personne n'écouterait Caleb après son crime.

Ses chances d'être désigné Second s'écrouleront dès que l'interdit sera bravé.

Si elle avait misé juste, ce serait sa seule sentence. La Mort aimait trop le jeune homme ; Elle ne l'expulserait pas comme elle avait banni les voleurs d'âmes. Caleb avait beau l'exaspérer, Diane ne lui souhaitait pas l'exil. Son plan avait pour unique but de l'éloigner de la place qui lui revenait de droit.

J'implorerai Sa clémence, s'il le faut, décida-t-elle.

Elle doutait heureusement d'en arriver là, persuadée qu'Elle se contenterait d'un avertissement. Au pire le priverait-Elle de sa fonction d'Envoyé. Quoi qu'il en soit, son comparse demeurerait au Royaume. Il serait autorisé à continuer à mener sa seconde vie, elle le soupçonnait.

Caleb n'était plus qu'à quelques enjambées de l'habitation. Il marchait avec calme. Diane ne lui connaissait pas un tel sang-froid. Était-il sincère ou forcé ? Elle était incapable de trancher. Il faisait preuve à tout bout de champ d'assurance, mais il était possible qu'il joue un rôle. Il n'était pas bête, pas assez du moins pour imaginer que le dossier avait atterri entre ses mains par mégarde. Il se pensait peut-être mis à l'épreuve, ou épié. Pour une fois qu'il se montrait prudent, elle n'allait pas l'en blâmer.

Son chien grogna ; elle se tint prête, les sens en alerte. Un Démon se planquait non loin, le flair de l'animal était infaillible.

Diane était décidée à débusquer le parasite. Si elle pouvait permettre à son rival de perpétrer le crime qu'elle attendait, elle se sentait de taille à affronter tous les chasseurs qui approcheraient les lieux.

*

Elle se rongeait encore les ongles. Dès qu'elle s'en rendit compte, Ève arrêta. Dire qu'elle était convaincue que cette manie lui était passée en grandissant… Les récents problèmes de Guillaume lui prouvaient le contraire.

Il n'était toujours pas rentré. Autant Martha qu'elle-même étaient sur des charbons ardents. La police ne voulait pas bouger avant un certain nombre d'heures, le portable de son aîné ne répondait pas et leur mère ne savait plus où donner de la tête.

La jeune femme ne cessait de se répéter qu'elle devait garder les idées claires. Elle avait conscience qu'elle ne pouvait rien pour Guillaume tant qu'il était dehors. Il ne lui restait qu'à aider Martha de son mieux.

Depuis que son frère avait claqué la porte, elle avait recommencé à gérer la maison comme si elle y vivait seule. Elle refusait que sa mère ait quoi que ce soit à accomplir. Le boulot et Guillaume lui apportaient assez d'ennuis – par moments, elle avait l'air perdue dans son propre foyer.

Bien que ça soit le dernier de ses soucis, Ève s'efforçait également d'étudier. Se maintenir à niveau lui donnait l'impression de maîtriser les événements et lui permettait de croire que la normalité n'était pas loin. Elle avait besoin de se raccrocher à quelque chose.

Elle prit garde à ne pas laisser ses ongles à portée de

ses dents et replongea le nez dans son classeur. Plutôt réviser le contrôle du lendemain que regarder les heures défiler et se demander si l'une d'entre elles verrait revenir son frère.

Il est parti. Tu ne peux rien pour lui.

Le jour suivant sa fuite, lorsque leur mère et elle avaient noté qu'il n'était pas à la maison, elle était sortie, décidée à le ramener. Elle s'était dirigée d'un pas sûr vers « la planque », persuadée qu'il s'y terrait. Elle était si furieuse contre lui qu'elle n'avait pas ressenti de crainte. Qu'importe la fréquentation du lieu, il était impératif qu'elle le retrouve ! Surtout qu'à cette heure, le cloaque n'accueillait en général qu'un ou deux ivrognes qui décuvaient, voire des drogués trop shootés pour remarquer sa présence.

Je ne risque rien, s'était-elle convaincue le long du chemin.

Son intuition ne l'avait pas trompée, Ève l'avait constaté sur place. Elle s'en serait sentie fière si elle était tombée sur Guillaume. Hélas, elle n'avait repéré aucune trace de son frère. Elle n'avait pas non plus aperçu un être assez sobre pour répondre à ses questions…

Elle avait beau se creuser les méninges, elle ne voyait pas où il aurait pu se rendre. Elle ne l'avait découvert à aucun des endroits où elle l'avait soupçonné d'être. Soit elle connaissait moins Guillaume qu'elle le supputait, soit il lui était arrivé malheur. La seconde hypothèse l'effrayait. Elle ne désirait pas y songer.

Focalise-toi sur tes cours. Tu. Dois. Attendre, se répéta-t-elle.

Facile à dire, mais il fallait qu'elle réussisse. Dès que

sa mère la rejoindrait, sa propre angoisse l'atteindrait et elle ne pourrait plus du tout se concentrer.

Déterminée, Ève fixa son classeur et s'obligea à lire à voix haute. Durant plusieurs minutes, elle oublia son stress et la situation dans laquelle Guillaume s'était fourré. Puis un bruit la tira derechef de ses études : il y avait quelqu'un dans le couloir !

Elle n'avait pas entendu la porte claquer, cependant peu lui importait. Elle se releva du canapé et se précipita dans le vestibule.

C'est Guillaume. C'est forcément lui !

Quelle ne fut pas sa déception en n'avisant personne dans l'entrée ! Son optimisme s'envola. Son frère n'était pas rentré, en fin de compte. Dépitée, elle soupira. Les faux espoirs étaient si amers… Si elle se mettait à inventer des sons, elle n'était pas sortie de l'auberge.

Elle se retourna, prête à replonger dans ses leçons – ou du moins, à essayer – lorsque son prénom lui parvint dans un murmure, si faible qu'elle jura l'avoir rêvé. Ève fit volte-face, mais ne remarqua rien. Un frisson lui parcourut l'échine. Elle regarda avec attention chaque recoin du vestibule, du vieux meuble à chaussures au porte-parapluies vide. *On a peur d'un fantôme, sœurette ?* l'aurait raillée Guillaume s'il avait été là.

Je suis ridicule !

Elle balaya ses craintes, puis avança dans son salon. Elle ne pouvait pas se monter la tête à cause d'une tonalité chimérique. Elle avait assez à penser.

— Ève.

Elle se figea. Là, impossible de nier : elle venait bel et bien d'entendre un homme l'appeler. Elle n'osa pivoter. Son timbre lui était beaucoup trop familier ; toutefois, c'était improbable. Inconcevable.

Les fantômes n'existent pas.

— Ca... Caleb ? bafouilla-t-elle malgré tout.

Un instant, elle pria pour ne pas obtenir de réponse et se persuada que son imagination lui jouait une odieuse farce.

— Derrière toi.

Oh. Mon. Dieu. Ce timbre un brin moqueur...

Glacée jusqu'au sang, Ève effectua un demi-tour sur elle-même – un simple mouvement qui lui donna l'impression de durer des heures.

Les fantômes n'existent pas.

Lorsqu'elle détailla l'individu qui se tenait devant d'elle, elle fut convaincue d'avoir raison. Ce type n'était pas Caleb. Nonobstant ses efforts, il n'avait jamais été musclé.

Caleb est mort...

Son premier réflexe fut de crier, mais l'inconnu l'en empêcha. Vif, il plaqua une main contre sa bouche avant qu'elle puisse tenter quoi que ce soit. Son cœur s'accéléra.

— Chut, lui intima-t-il.

Son attitude n'était pas agressive. Pour autant, elle n'osa pas bouger ou lui désobéir.

— Tout ça te paraît sans doute bizarre et plus encore. Je vais avoir besoin de ta confiance, Ève.

Elle releva le menton et l'observa. Les yeux de son meilleur ami la fixèrent sans sourciller. Pourtant, elle n'était pas en mesure d'y croire. Les traits du visage qu'elle considérait n'étaient pas aussi doux que ceux du jeune homme. Ils étaient plus marqués et durs.

Caleb est mort.

— Tu me promets de ne pas crier ? lui demanda-t-il en désignant la paume qui la bâillonnait.

Elle acquiesça. Que pouvait-elle faire d'autre ?

— Qui êtes-vous ? l'interrogea-t-elle dès qu'il l'eut libérée.

Elle aurait aimé que sa voix ne la trahisse pas. Hélas, c'était peine perdue. Son interlocuteur savait qu'elle était pantoise. Il eut l'air surpris par sa question, comme si la réponse était une évidence.

— Tu l'as dit il y a plusieurs secondes. Si tu ne te souviens plus de moi, je serai déçu.

Non, impossible. La farce, si c'en était une, était odieuse. Ève fut incapable de répliquer tant elle jugeait la situation cruelle.

Caleb est mort.

— Bon sang, c'est moi, Caleb.

« Bon sang ». Deux petits mots qu'il prononçait tout le temps…

— Caleb est mort, cracha-t-elle.

— Je le suis.

Elle recula d'un pas et se cogna le pli du genou contre la table basse. Ce qui lui arrivait n'avait aucun sens. Aucun !

Elle regarda sur sa droite. Combien de temps lui faudrait-il pour courir, attraper le téléphone, puis prévenir la police ? Elle n'y parviendrait pas sans qu'il l'en empêche…

— Si j'avais eu les moyens d'éviter une rencontre, je ne serais pas là, soupira-t-il. Tu es en danger et… Ce que je m'apprête à t'apprendre va te sembler impossible. Aie foi en moi, je t'en supplie.

L'urgence dans son ton était palpable, inquiétante. Ève oublia la police et ses projets de fuite. Malgré sa peur, elle eut envie de l'écouter. Mais n'était-ce pas juste parce que son confident lui manquait ? Était-elle désespérée au point d'accorder du crédit à une histoire si abracadabrante ? Elle avait assisté à l'enterrement de Caleb !

— J'étais présente. Le jour où ils t'ont mis en terre, j'étais présente. Tu ne *peux* pas être lui.

— Je… je ne suis pas vivant, c'est exact. Ça ne m'empêche pas d'être là.

La souffrance qu'elle aperçut dans ses yeux la déstabilisa. Qu'il soit réellement son ami ou non, il ne doutait pas de lui.

— Ève, je t'en prie.

— Tu… es différent.

Elle aurait aimé que ses mots ne s'apparentent pas à une excuse. Raté… Quelque chose de touchant brillait dans son regard ; quelque chose qui lui défendait de crier que Caleb, le vrai, était décédé et qu'il était cinglé. Le pire était que plus elle fixait ses pupilles claires, plus elle désirait le croire…

Caleb est mort.

Interdiction de penser le contraire.

— Je ne ressemble plus à un gringalet. Soyons francs.

Le sourire qu'elle reçut la fit reculer d'un nouveau pas. Elle avait si souvent contemplé la même expression par le passé.

Non. Ce n'est pas possible.

— Prouve-le-moi, se surprit-elle à l'invectiver.

— Quoi ?

— Prouve-moi que tu ne mens pas. Si tu es Caleb, démontre-le.

Il rit. Ève aurait parié qu'il était amusé. Une attitude digne du défunt.

Ce n'est pas possible…

— Il y a environ trois ans si je ne me trompe pas, on est allé à une exposition avec Martha. L'art n'était pas notre truc, mais on n'a pas pu refuser de l'accompagner tant elle se réjouissait de nous y emmener. Sur place, un homme t'a demandé ton avis sur le tableau en face duquel nous étions et tu t'en es moquée – en vérité, on le trouvait moche tous les deux, simplement tu es la seule à avoir pris la parole. Puis il t'a déclaré que c'était une toile de son neveu. Je ne t'avais jamais vue si mal à l'aise ! Tu ne savais plus où te mettre.

Ève en eut le souffle coupé. En suffoquant, elle se rattrapa au mur pour ne pas tomber. Elle n'avait parlé de cette histoire à personne. Personne !

Mon. Dieu.

— C'est… toi ?

D'un sourire timide, il opina.

— Comment !? Tu… tu étais mort !

Je nage en plein rêve.

— Je le suis.

— Impo…

— Je n'appartiens plus à ton monde, l'interrompit-il.

Il instaura une courte pause. Il remarqua ensuite qu'elle le dévisageait et ajouta :

— Ce que j'affirme doit te sembler insensé, j'en ai

conscience. Je te jure que je ne te trompe pas. Je n'ai pas beaucoup de temps avant que…

Caleb se censura comme s'il en avait trop dit. Perdue, elle le fixa sans sourciller. Elle pouvait admettre qu'un macchabée se tenait juste devant elle ; c'était difficile, mais avec des efforts, elle le pouvait. Cependant, elle méritait d'obtenir une explication.

— Avant quoi ? le questionna-t-elle.

— Mieux vaut que tu l'ignores. Il faut que…

— Tu… tu débarques chez moi au bout de deux ans pour me déclarer qu'il est préférable que je ne découvre pas la raison de ta présence ?

Caleb grimaça

Il me cache un truc… mais quoi ?

— Tu as confiance en moi ? la questionna-t-il de but en blanc.

Ève en demeura un instant sans voix.

— Pourquoi es-tu là ? Est-ce même possible ?

— Tu as confiance en moi ?

Elle perçut l'urgence dans son ton.

— Oui.

Bien sûr qu'elle se fiait à lui, ça avait toujours été le cas. Néanmoins, elle détestait rester dans l'ignorance.

Par quel miracle peut-il être mort et être ici ?

— Merci, souffla-t-il.

Son soulagement avait l'air sincère. Toutefois, il ne dura pas.

— J'ai besoin que tu m'écoutes avec attention et sans me couper, car les secondes filent. Ce que je suis sur le point de te révéler est vrai et il ne faudra pas le répéter. Je ne suis pas autorisé à… Bref. Tu me promets de me laisser finir ?

Ève acquiesça. Le sérieux de son ami avait de quoi l'inquiéter, plus encore que le fait qu'il soit revenu de l'au-delà. *C'est de la folie.* Elle l'invita à poursuivre. Aucun des deux ne s'assit.

— O.K. Je te jure qu'il ne s'agit ni d'une blague ni d'un mensonge.

Elle hocha la tête. De son vivant, Caleb n'était pas un amateur de farces. Malgré l'improbabilité de la situation, pourquoi en irait-il différemment maintenant ?

— Comme je te l'ai expliqué : je… je suis décédé.

Il inspira avec lenteur. La jeune femme supposa qu'il craignait qu'elle ne le prenne pas au sérieux, que ce qu'il avait à lui apprendre n'était pas facile.

— La Mort m'a offert une deuxième vie… Pour être concis, je la sers en tant qu'Envoyé. Ma fonction me permet de gagner la Terre afin de chercher l'âme des futurs trépassés. Je… les aide à traverser.

La Mort ? Un Envoyé ?

Ève s'obligea à ne pas poser de questions ; d'abord parce qu'elle était dépassée, ensuite parce qu'elle voyait que Caleb était angoissé. Il y avait autre chose, elle le soupçonnait. Elle devinait que c'était grave.

— On… on m'a chargé de récupérer la tienne.

— On t'a quoi !? s'écria-t-elle.

Elle n'osait réfléchir à ce que cela impliquait. Impossible, il se trompait !

Il grimaça derechef et elle réalisa à quel point les mots qu'il prononça lui coûtèrent.

— Tu es supposée mourir, Ève. Aujourd'hui.

Non ! Elle n'était pas à l'agonie !

Je vais bien, songea-t-elle avec fureur. Caleb n'avait pas le droit de débarquer chez elle comme une fleur après qu'elle l'eut pleuré pour lui conter que son propre trépas approchait. C'était injuste. Elle ne pouvait pas l'accepter. Elle ne le *voulait* pas.

— Je n'ai pas l'intention de passer l'arme à gauche, siffla-t-elle en luttant dans l'espoir de contenir ses larmes.

Colère. Peur. Tristesse. Trois sentiments qu'elle ne réussissait pas à chasser.

— Tant mieux. Je n'ai pas l'intention de te regarder mourir.

— Je pensais que tu étais…

— Chargé de récupérer ton âme, exact. Mais je ne suis pas venu pour ça.

Ève ne fut pas en mesure de répondre. Elle ne parvenait pas à définir si elle devait s'en sentir soulagée ou non. Cette histoire allait la rendre cinglée.

Je le suis déjà puisque j'y crois.

— J'en suis incapable, confessa Caleb.

— Que risques-tu ?

La question s'était imposée telle une évidence.

— Quoi ?

— Que risques-tu ? redemanda-t-elle. Tu es censé récupérer mon âme. Que t'arrivera-t-il si tu ne le fais pas ?

Il se mettait en péril, elle le pressentait. Si tout ce qu'il lui avait déclaré était vrai, le danger était forcément gros. Sans menace sur eux, le monde aurait entendu parler des… Sous quel nom Caleb s'était-il désigné ? Il n'était sans doute pas le premier à avoir envie de sauver une connaissance. Quel sort lui serait réservé si elle ne mourait pas aujourd'hui ?

— L'exil, avoua Caleb. Ou la Disparition.

— La… quoi ?

— La fin de ma seconde existence, expliqua-t-il. Ne t'inquiète pas, je ne pense pas qu'Elle irait jusque-là. À mon avis, je serai consigné au Royaume. On causera plus tard. Les minutes s'écoulent et…

— Elle ? l'interrompit Ève.

— La Mort.

C'était la deuxième fois qu'il l'évoquait.

— Donc… la grande Faucheuse est réelle ?

Il confirma, puis avança vers une fenêtre et jeta un coup d'œil nerveux à l'extérieur.

Que craint-il ?

— Elle n'est pas telle qu'on se le figure. Elle est plutôt gentille, en vrai, et aussi dirigée par le Destin que nous.

— T'ordonner d'aller chercher l'âme d'une amie, c'est… gentil ?

Ève n'avait pas désiré paraître froide ; la situation la dépassait.

— Elle n'est pas coupable. D'habitude, nous ne sommes jamais informés du décès de nos proches. Nous ne connaissons pas les âmes dont nous nous occupons. Il y a eu une erreur quelque part.

Les poings de Caleb se crispèrent. Elle eut l'impression qu'il n'ignorait pas quelle était la fameuse erreur.

— Assez bavardé, trancha-t-il. Nous n'avons plus beaucoup de temps si on veut empêcher ton trépas.

Anxieuse, elle opina. Que lui réservait encore sa journée ?

— Il faut partir d'ici, reprit-il. Et vite.

— Je… je ne peux pas.

Le jeune homme se tourna vers elle. À son expression, on aurait volontiers imaginé qu'elle l'avait giflé.

— Tu n'as pas le choix, Ève. Après, il sera trop tard.

Il s'éloigna dans le corridor. Elle le rattrapa.

— Non, attends !

— Pourquoi ? grogna-t-il.

Ève devina ce qu'il n'ajouta pas : *Tu ne me fais pas confiance ?* Cependant, il ne s'agissait pas de ça.

— Guillaume a… des problèmes. Il a fugué.

— Je suis au courant.

Comment ?

Elle ne s'en formalisa pas. Son angoisse était contagieuse et la força à aller droit au but.

— De quelle façon réagira maman si elle constate que ses deux enfants manquent à l'appel ?

— Mieux que si elle trouvait ton corps sans vie.

Soufflée, Ève n'osa songer à une telle alternative.

— Suis-moi, la pria Caleb d'une voix plus douce. Je t'assure que chaque seconde est précieuse. Voilà une leçon que la Mort m'a apprise.

Elle hésita, confuse. *C'est du délire…*

— Il faut qu'une personne soit là si Guillaume regagne la maison.

L'argument paraissait faible à côté du danger. Combien y avait-il de chance que son frère rentre aujourd'hui ? Elle devait accompagner Caleb, son être le lui hurlait. Il était sur place afin de l'aider ! Si ce qu'il disait était vrai, elle n'avait pas de deuxième option. Elle s'apprêtait à rendre les armes quand il enchaîna :

— Crois-moi, son retour est la dernière chose à laquelle tu aspires.

Ève en resta muette. Caleb savait pourtant à quel point son frère et elle avaient été complices ! Il ne pouvait pas avoir oublié que Guillaume l'avait défendu à de nombreuses reprises contre des gros bras à l'école. De quel droit lui assenait-il de pareils propos sans l'ombre d'un remords ? Ce fut la goutte de trop dans la marée de ses émotions.

— Je suis folle d'inquiétude pour lui ! explosa-t-elle. Alors bien sûr que j'ai envie qu'il revienne !

— Je ne voulais pas…

Elle n'entendit pas ses paroles.

— Je n'attends que ça depuis qu'il est parti !

— Ève, je…

— Comment peux-tu…

Caleb haussa le ton :

— Ève !

Enfin, elle l'écouta.

— Si tu meurs aujourd'hui, ce sera à cause de Guillaume.

VIII
Les intrus

— Tu mens.

Caleb se mordit la langue ; il avait parlé trop vite. Bon sang, Ève n'accepterait jamais de le suivre s'il continuait de la sorte !

— Je suis désolé, je…

— Tu as raison de l'être, le fustigea-t-elle.

— Je ne voulais pas que tu l'apprennes ainsi. Il faut vraiment qu'on file… Aie confiance en moi.

L'expression de la jeune femme se figea. Son regard assassin le foudroyait.

Pitié, crois-moi. On doit s'en aller.

— Guillaume ne me ferait pas ça, cracha-t-elle.

Sitôt ces mots prononcés, elle prit la fuite dans le corridor. L'Envoyé l'entendit plus qu'il ne la remarqua monter les escaliers en courant. Il devina qu'elle pleurait.

Je ne suis qu'un idiot !

Pourquoi avait-il évoqué son frère ? Il était évident qu'elle n'accorderait pas foi à son implication dans son décès. Lui-même avait encore du mal à admettre ce qui était écrit dans le dossier. Il avait connu Guillaume, assez afin de douter de la fiabilité de sa mission. Cependant, il était bien placé pour savoir que la Mort ne se trompait pas. S'il désirait sauver Ève, il fallait qu'elle l'accepte. Attendre ici signerait sa perte !

Un museau s'appuya contre sa cuisse – dès que Flocon le sentait nerveux, il tentait de le rassurer. Caleb lui caressa le haut du crâne.

— Bon chien.

Tout au long de son échange avec Ève, le familier était demeuré invisible. Assis à ses pieds, il n'avait pas bougé d'un poil. Son obéissance était surprenante. Quoi que Caleb lui demande, il s'exécutait. Même si l'émissaire avait conscience que c'était grâce à Elle, ça n'en restait pas moins impressionnant.

Il regarda l'heure et soupira. Le temps pressait. Si Ève refusait de l'écouter, il n'aurait pas le choix : il l'emmènerait de force – une décision qui, malgré sa nécessité, ne lui plaisait pas.

Ses sentiments pour elle ne s'étaient pas estompés. Quand il l'avait aperçue, son cœur s'était liquéfié. Elle portait un jean simple et un T-shirt bleu roi – une couleur vive, comme elle les avait toujours aimées. Plus âgée que lors de leur dernier échange, elle était pourtant telle que dans son souvenir. Ses yeux noisette brillaient de l'éclat qui l'avait séduit le jour de leur rencontre, et ses cheveux noirs étaient réunis en de nombreuses tresses rassemblées en une queue de cheval. Une seule chose avait changé : sa joie de vivre s'était fanée. L'angoisse la rongeait et transparaissait sur son visage fatigué. Vu ce qu'il avait lu sur Guillaume, Caleb pouvait le comprendre sans mal.

— Attends-moi ici, ordonna-t-il au canidé. Si quelqu'un approche la maison, aboie.

Il rejoignit le vestibule, puis gravit les escaliers. S'il lui restait une maigre chance de raisonner Ève, il était tenu de la saisir. Il ne supportait pas de la sentir furieuse contre lui, pas après deux ans passés loin d'elle.

Trouver sa chambre ne fut pas difficile. Il avait emprunté ce chemin à maintes reprises des années plus tôt, lorsque leur unique souci était d'obtenir la moyenne à leurs examens.

Tendu, il frappa à la porte en bois blanc.

— Ève ? l'appela-t-il.

Pas de réaction. Elle était soit très en colère contre lui, soit complètement perdue. Un mélange des deux ne l'aurait pas étonné – il ignorait comment il aurait agi si une personne trépassée était soudain apparue devant lui.

— Ève, je t'en prie.

Ouvre-moi. Ne me force pas à décider pour toi.

— Va-t'en.

Caleb soupira. De quelle façon réparer sa bêtise ?

— Je n'aurais pas dû te le dire… au sujet de ton frère. Pardonne-moi.

— Tu te trompes sur lui.

La réponse avait été murmurée d'une voix faible. Ève souffrait. Ses paroles l'avaient blessée, plus qu'il ne l'imaginait. Il se maudit et maudit Diane par la même occasion.

Depuis qu'elle lui avait attribué la fiche de son amie, il ne cessait de ruminer. Il n'était pas censé s'occuper de son âme, les règles étaient claires. De surcroît, l'Envoyée le détestait, elle ne s'en cachait pas. Et le jour où elle était chargée de la distribution, le dossier lui tombait entre les mains. Caleb n'était pas dupe au point de croire à une simple erreur. Diane était au courant.

Malgré le peu de sympathie qu'elle lui manifestait, il n'était jamais parvenu à la haïr. Aujourd'hui, il y arrivait sans mal. La décision qu'elle l'avait forcé à prendre était cruelle : sauver Ève et en subir les conséquences, en priant pour qu'Elle ne l'exile ni ne l'envoie dans le Néant, ou bien la laisser mourir soit en accomplissant sa mission, soit en rapportant le dossier à la Ruche dans l'optique qu'un autre s'y consacre à sa place.

Caleb n'avait pas réussi à se résoudre à la deuxième option. Il savait ce que trépasser jeune et être privé de son avenir signifiait. Par moments, il éprouvait encore des difficultés à accepter son décès. Il était hors de question qu'Ève endure ça à son tour ! Une existence remplie l'attendait, il n'en doutait pas, et il était prêt à tout afin qu'elle soit la plus longue possible.

— Ouvre la porte, s'il te plaît, implora-t-il.

Elle n'en fit rien.

— Quel que soit ton avis sur ton frère, il faut partir. Tu es en danger.

« Je serai incapable de t'aider si tu ne m'autorises pas à entrer », faillit-il ajouter. Mais à quoi bon lui mentir ? Si Ève refusait de l'écouter, il créerait un portail. Il irait la chercher, puis l'éloignerait d'ici. Il n'avait qu'une seule crainte : les vivants pouvaient-ils franchir leurs passages ?

— Le temps presse. Au nom de notre amitié, je te supplie d'ouvrir cette porte !

Pas de réponse. Dans un soupir, Caleb croisa ses

poignets lorsqu'il entendit un bruit de pas.

Merci. Par les Spectres, merci.

Quand Ève lui apparut, il nota tout de suite qu'elle avait pleuré. Ses yeux étaient rougis et ses paupières gonflées. Il s'en voulut davantage.

Pourquoi ne l'ai-je pas fermée ? Pourquoi a-t-il fallu que je mentionne son frère ?

— Je suis désolé, répéta-t-il.

Elle acquiesça faiblement. Avait-elle remarqué l'urgence dans sa voix ? Lui accordait-elle sa confiance malgré ses propos ?

— On ferait mieux d'y aller.

— Quand vais-je revenir ? demanda-t-elle. Quand est-ce que je ne serai plus… condamnée, d'après toi ?

Aucune émotion ne transparut sur son visage tandis qu'elle posait sa question. Comme souvent depuis qu'il la connaissait, Caleb l'admira. Elle maîtrisait ses peurs.

— Je suppose que lorsque l'heure présumée de ton décès sera écoulée, il nous suffira d'attendre un peu.

Ève hocha la tête. Il perçut son soulagement et devina sa pensée : elle serait peut-être là au retour de sa mère.

— Ce ne sera pas sans danger, la prévint-il. Il est possible qu'ils retentent leur chance.

— Qui ?

J'en ai trop dit…

— Tu seras obligée de trouver une excuse afin que Martha et toi vous rendiez à la police. Votre foyer doit être surveillé. *Tu* dois être surveillée et te montrer très prudente maintenant. Je ne suis pas sûr qu'échapper à la mort aujourd'hui te permettra d'être en sécurité.

Le Destin est imprévisible. Combien de fois lui avait-

Elle répété ces mots ?

— Tu m'effraies… De qui parles-tu ?

Caleb chercha à lui révéler une vérité qui ne lui dévoilerait pas tout – son amie avait vécu assez d'émotions fortes. Hélas, les prénoms des intrus ne lui évoqueraient rien et impliquer derechef son frère n'était pas une bonne idée.

Elle insista :

— Je t'en prie, explique-moi ! Tu ne peux pas venir ici m'annoncer que je vais mourir, puis refuser de m'apprendre ce qui va se passer, Caleb.

— Je…

Un aboiement l'interrompit. Quelqu'un approchait du logis !

Pas déjà…

— Qu'est-ce que c'était ? siffla Ève.

D'un geste, il lui indiqua de rester discrète et l'entraîna à sa suite dans les escaliers. La sonnette tinta. Ils se figèrent, immobiles.

— Caleb ? chuchota la jeune femme.

— Les gens contre qui je t'ai mise en garde, avoua-t-il. Il y a toujours moyen de sortir par la cuisine ?

Elle opina. Ses traits s'étaient fermés ; elle avait compris l'urgence de la situation.

L'Envoyé continua à descendre l'escalier sur la pointe des pieds, longeant le mur. Si les individus devant la porte présumaient l'habitation vide, ils rebrous-seraient chemin.

Si seulement…

Ève progressait derrière lui. Il ne cessait de se retourner pour vérifier qu'elle le suivait tant elle était silencieuse. Ses orteils semblaient à peine effleurer les marches – sans nul doute les conséquences de ses cours de danse.

On tambourina à la porte. Du coin de l'œil, Caleb vit Flocon braquer son museau sur l'entrée, puis le grognement de son familier résonna dans le vestibule. Le chevalier ne savait pas pourquoi il avait choisi de rendre ses cris sonores alors qu'il restait invisible – comme il le lui avait ordonné –, mais il l'en bénissait. Constater qu'un chien vivait dans une maison n'incitait pas à la violation de domicile.

Plus que deux ou trois pas, et on aura atteint le rez-de-chaussée. La sortie n'est pas loin.

Il pivota. Ève était figée quatre marches au-dessus de lui, yeux écarquillés.

— Ève ? l'interpella-t-il.

— Tu as entendu ?

— La porte ? C'est pour ça qu'il faut qu'on parte d'ici.

— Non… Le grognement.

— Oh.

Quel idiot ! Il n'avait même pas pris la peine de la prévenir pour son familier. Il était évident qu'elle s'interrogerait à propos de Flocon !

— Je possède un chien spectral, Flocon. Tu n'as rien à craindre.

— Un… quoi !? souffla-t-elle.

— Je t'expliquerai plus tard. Suis-moi.

Bien qu'appréhensive, elle obéit. Les martèlements reprirent contre la porte.

— Ouvre ! beugla une voix.

— Sois sympa ! lança une seconde personne.

Super… Des obstinés ! Caleb maudit le Destin.

Le choc d'un nouveau coup de poing résonna dans le hall, suivi d'un autre, et encore d'un autre.

— Qui est-ce ? le questionna Ève dans un chuchotement.

Il lui intima le silence. Ils se trouvaient à présent dans le vestibule et étaient trop près de l'entrée pour se permettre le moindre bruit. Le cœur battant, ils rejoignirent le salon. La cuisine était proche, ils pouvaient réussir.

— Qui est-ce ? lui redemanda son amie.

Caleb déglutit difficilement. Une part d'elle ne l'ignorait pas…

— Tes futurs… assassins.

— Aucun des deux n'a la voix de Guillaume.

Des trois. Aucun des trois.

Il grimaça. Ce n'était pas le moment de relancer le sujet. Malgré tout, Ève lui attrapa l'épaule.

— Quand tu as affirmé que Guillaume serait responsable de ma mort, tu voulais dire qu'il serait mon meurtrier ?

— Non…, fut-il forcé d'admettre.

Il lui tira légèrement le bras afin de poursuivre leur progression. Le vacarme de devant avait cessé. Toutefois, il n'était pas sûr que ça soit bon signe.

— Donc Guillaume n'y sera pour rien.

Il ne répondit pas. Un énième coup fut asséné contre la porte.

— Ouvre ! On entrera, t'façon.

Caleb était convaincu qu'il ne s'agissait pas d'un

mensonge. Sentant Ève se raidir, il lui murmura :

— Il n'y serait pour rien, plutôt.

La distraire de ce qu'il se passait dehors ; il devait la distraire !

— Pardon ?

Tous deux avaient enfin atteint la porte de la cuisine. Il l'entrebâilla. L'horrible grincement qu'elle produisit lui arracha un juron. Il était certain que le quartier entier l'avait entendu !

— Du conditionnel : *si* tu mourais, s'expliqua-t-il. Ça n'arrivera pas.

— Merci.

Le remerciait-elle de la réconforter ou de ne plus impliquer son frère dans son décès ? Caleb n'en savait rien et c'était loin d'être son premier souci. Le silence qui les entourait soudain avait quelque chose d'angoissant. Il devenait impératif qu'ils se dépêchent !

— La porte, souffla-t-il.

Ève comprit immédiatement et s'y précipita. La cuisine donnait sur le jardin, d'où il était possible de gagner une seconde rue. Avec de la prudence, ils pourraient partir par là sans être repérés.

— Flocon, appela Caleb. Au pied, mon grand.

Lorsque l'animal l'eut rattrapé, il referma la porte derrière eux. Elle grinça derechef, cependant il ne s'en préoccupa pas – il était trop tard pour ça.

— C'est verrouillé, se plaignit Ève en tentant d'ouvrir leur seule issue.

— La clef ? lui demanda-t-il après l'avoir rejointe.

À son expression épouvantée, il pressentit que la réponse ne lui plairait pas.

— Dans le corridor… Sur le meuble à droite.

Merde !

— J'y vais. Ne bouge pas.

Il n'eut le temps de rien : un nouveau crissement, plus lointain, chatouilla ses oreilles.

La porte d'entrée…

— Comment ? s'horrifia la jeune femme.

— Ils étaient en possession des clefs. Ils en ont sans doute eu assez d'attendre.

— Les clefs ? C'est impossible !

Guillaume leur a prêté les siennes.

Caleb se retint de le lui avouer. Des rires et des bruits de pas se manifestèrent. Ils ne tarderaient pas à être découverts. Il analysa leur situation. Le seul terme qui lui vint à l'esprit fut « désespérée ». Néanmoins, il n'avait pas dit son dernier mot.

— Je vais disparaître, déclara-t-il.

— Quoi ?

— Tu ne me remarqueras pas, mais je serai là. Tu as confiance en moi ?

— Oui.

— Bien. Reste ici. Ne bouge pas. Quoi qu'il se passe, ne panique pas. Il faut que tu gardes la tête froide. Dès que je te l'ordonnerai, tu fonceras vers l'entrée, puis tu te précipiteras dehors. Réfugie-toi où tu le souhaites, interpelle les voisins ! Vu les cris qu'ont poussé ces types tout à l'heure, peut-être qu'ils ont déjà appelé la police. On a juste besoin de tenir assez longtemps pour s'enfuir. D'accord ?

L'air grave, Ève acquiesça. Elle se redressa et fixa la porte fermée sans sourciller. Caleb la sentit prête à se mesurer à ce qui allait suivre. Elle ne s'était jamais laissé intimider facilement.

Du plus loin qu'il se souvienne, elle avait toujours affronté les événements. En cas de crise, sa panique première finissait par reculer devant sa détermination. Il en fut rassuré : elle non plus n'abandonnerait pas tant qu'il restait une chance.

Les bruits de leurs assaillants s'approchèrent. Il lui offrit un sourire réconfortant, puis se dématérialisa. Les yeux d'Ève s'écarquillèrent, mais elle retrouva vite contenance.

Elle devine que je suis présent.

D'un geste, Caleb ordonna à Flocon de se positionner sur un côté de la porte, tandis que lui-même se plaçait de l'autre. Comme pour se donner du courage, il porta une main sur sa hanche, là où il dissimulait son coutelas.

Par les Spectres, pourvu qu'Ève s'en sorte !

Les mots qu'il avait lus dans son dossier le glaçaient d'effroi. Il ne pouvait pas laisser ça se produire. Qu'importe s'il devait rejoindre le Néant.

Elle vivra.

La porte de la cuisine s'entrebâilla. Il retint sa respiration. Un rapide coup d'œil vers son amie lui apprit qu'elle en faisait tout autant.

Tu es brave, Ève, tu arriveras à te mesurer à eux.

Enfin, un homme entra dans la pièce.

IX
Échec

Le nouveau venu était jeune, Caleb ne lui donnait pas plus de vingt-cinq ans. Brun, large de carrure, il était vêtu d'un jean et d'un sweat taché à de nombreux endroits. À peine entré dans la pièce, il porta sur Ève un regard peu avenant qui la déshabilla. Ses yeux brillaient d'un plaisir malsain. Sa pommette gauche, saillante, gardait encore la marque d'une ecchymose – un coup de poing, le doute n'était pas permis. Sa seconde joue était quant à elle traversée par une balafre, signe qu'il n'en était pas à sa première bagarre.

Une brute. Un type violent et pervers.

Les phalanges de Caleb se serrèrent. Il n'avait qu'une seule envie : l'envoyer au tapis. Hélas, il ignorait si ses deux acolytes étaient proches, et s'ils l'entendraient ou non. Agir trop tôt était risqué. Il fallait qu'il les attaque en même temps et si possible faire en sorte qu'aucun d'entre eux ne réalise ce qui s'était passé. Sauver Ève était une chose. Révéler l'existence des chevaliers en était une autre.

Je ne vais pas enfreindre toutes Ses règles en un jour, se morigéna-t-il. Il serait inutile de compter sur la clémence de la Mort sinon.

Caleb maudit une nouvelle fois Diane. Sans elle, il n'en serait pas là. *Pourtant, sans elle, je n'aurais jamais eu l'occasion de secourir Ève. Elle serait décédée sans que je le sache…* Il chassa ses pensées parasites, puis se concentra sur l'intrus occupé à fixer son amie.

— J'ai repéré la petite souris, cria celui-ci.

Parfait. Si les trois affreux se trouvaient dans la pièce et qu'il parvenait à les neutraliser, Ève pourrait s'enfuir.

Deux hommes pénétrèrent dans la cuisine. Le moins âgé était famélique et dissimulait une partie de son visage derrière sa chevelure blonde. L'expression hagarde, il semblait ignorer la raison de sa présence ici et suivait son comparse tel un chien.

Un bleu, inexpérimenté. Une cible facile.

Le deuxième individu était le plus imposant des trois, et le plus dangereux d'après ce que Caleb avait lu ; une information qui lui fut confirmée dès qu'il avisa le couteau pliable dans la poche arrière de son jean. Cou de taureau, air sûr de lui, regard perçant… C'était lui, le chef de leur petite bande de drogués, lui qui avait entraîné Guillaume dans sa chute.

Caleb se retenait avec peine de le mettre tout de suite hors d'état de nuire.

Patience, s'exhorta-t-il.

— T'es pas très polie de ne pas ouvrir à tes invités, reprocha ledit chef à la jeune femme.

Bien qu'Ève s'échinait à rester fière, Caleb la connaissait assez pour affirmer qu'elle était terrifiée.

Courage, je ne te laisserai pas tomber.

— Qui êtes-vous ?

Le tremblement dans sa voix était imperceptible. Il n'osait imaginer à quel point elle prenait sur elle.

— C'est vrai qu'elle est assez mignonne, siffla le blond.

— Qui êtes-vous et comment êtes-vous entrés chez moi ? répéta-t-elle.

Avec un sourire, le leader de la bande lui montra un trousseau de clefs, qu'elle reconnut sans mal.

— Où les avez-vous eues ? Ça appartient à mon frère !

Panique et colère se lisaient sur ses traits. Malgré sa situation, Ève s'inquiétait pour Guillaume et se demandait si un malheur était survenu. Les trois hommes, eux, ne bougeaient pas. Alignés devant la porte, ils la dévisageaient, appréciateurs.

Ils s'amusent avec elle, saisit Caleb. *Ils attendent le bon moment, l'instant où elle tentera un truc pour leur échapper. Ils espèrent avoir le plaisir de lui prouver que ses efforts sont vains.*

Ses ongles s'enfoncèrent dans ses paumes et y imprimèrent leur marque. Plus loin, Flocon se cambra, prêt à se jeter sur le balafré à sa droite. L'animal anticipait son ordre ; avec un seul geste, il avait compris son objectif. Caleb inspira. Tant que les indésirables se tenaient côte à côte, ils ne pouvaient pas les attaquer. Il fallait que celui du milieu, qui agitait les clefs de la maison avec fierté, s'avance un peu. Ainsi, qu'importe la rapidité de ses réactions, il n'aurait pas l'occasion de dégainer son couteau avant que ses deux complices soient inconscients.

S'il jouait convenablement, tous seraient maîtrisés

sans avoir saisi ce qui leur arrivait. Et si Flocon mordait le malfrat qu'il lui avait désigné, ils imagineraient peut-être avoir été agressés par le chien de la famille, qu'ils avaient entendu aboyer et grogner.

La couverture idéale.

— Du calme, petite souris, ricana l'homme en reprenant le surnom donné par son compère. Ton frangin nous les a prêtées.

— Où est-il ? Que lui avez-vous fait !?

Qu'a-t-il fait, lui ? rumina Caleb.

Sa mâchoire se crispa. Même avec une preuve sous les yeux, les mots qu'il avait lus dans le dossier de son amie demeuraient difficiles à avaler.

Juste à côté de lui, le blondinet rit sous cape : les réactions d'Ève l'amusaient. Caleb se retint à nouveau de passer à l'attaque. Ces types le dégoûtaient ! Se contenter de les assommer était insuffisant. En son for intérieur, il aspirait à les voir agoniser, tous autant qu'ils étaient. Il luttait contre son envie depuis qu'ils les avaient aperçus.

Je ne suis qu'un simple agent de la Mort, je n'ai pas le droit de décider qui doit trépasser.

Il se répéta cette phrase afin de ne pas céder à ses pulsions, et chassa l'autre pensée qui lui soufflait qu'il n'avait pas non plus le droit de choisir qui ne devait *pas* mourir.

— On l'a pas touché, promit le chef. J't'assure, pas la peine de t'inquiéter pour lui. Le con a toujours été doué pour éviter qu'on lui tape dessus.

Ève le regarda comme s'il était le diable incarné. Elle n'accordait aucun crédit à ses propos, c'était évident.

Elle était persuadée qu'il avait causé du tort à son frangin, qu'il n'était pas de retour par sa faute.

La vérité est pire. Mieux vaut qu'elle croie à ceci.

— Où est mon frère ? cracha-t-elle.

Un sourire glacial aux lèvres, son interlocuteur effectua un pas dans sa direction. *Parfait,* songea Caleb en constatant que seule la table le séparait d'Ève. Une avancée supplémentaire, et il pourrait intervenir sans la mettre en danger.

Hélas, rien ne se déroula comme il l'aurait souhaité. Aussi vive que l'éclair, Ève attrapa le manche d'un couteau du présentoir posé derrière elle. Elle le brandit d'un geste maladroit vers son adversaire, qui stoppa tout mouvement, plus diverti qu'autre chose.

Merde ! Ne cède pas à la panique, aurait aimé lui rappeler Caleb. Bon sang, il avait été si proche du but !

Plus loin, Flocon demeurait immobile. Concentré, il n'attendait qu'un mot de sa part pour passer à l'action.

— Du calme, petite souris. On est juste venus s'amuser. Range ce couteau, tu vas finir par t'blesser.

Pas maintenant, s'ordonna le chevalier afin de ne pas craquer. Sa révulsion montait crescendo.

Ève ne lâcha pas son arme.

— Non ? D'accord. T'es pas la seule à adorer les couteaux, petite souris.

L'homme attrapa le sien, puis en déplia la lame ; elle pâlit. Les événements allaient de mal en pis.

Un plan B, il me faut un plan B !

— Caleb ? l'appela-t-elle.

Je suis avec toi. Ne panique pas. Je ne les autoriserai pas à te toucher. Je vais te sortir de là. Des mots auxquels lui-même commençait à ne plus croire. *Non, rien n'est joué !*

— Y a personne, petite souris. Juste toi et nous. Sois gentille, hein. Repose. Ce. Couteau.

— Caleb !

— Y a personne, on t'a dit, reprit le balafré. La ferme et obéis !

— Où est… mon frère ?

La hargne première d'Ève s'était teintée d'angoisse. Caleb la sentait à bout. Elle avait compris ce que le Destin lui réservait. Le regard lubrique des trois individus ne trompait pas. Il se maudit d'avoir tant traîné. S'il l'avait emmenée loin d'ici quand il était temps, elle n'aurait jamais eu à affronter ça. Mais non, il avait craint qu'elle lui en veuille. Il avait tenu à la convaincre, à gagner sa confiance pour ne pas la perdre à nouveau ! *Je ne suis qu'un abruti !* Sa haine aurait été mille fois préférable à la situation.

— Ton frère est en train d'planer à l'heure qu'il est. Il profite d'ses derniers achats.

Baisse ton couteau, Ève. Laisse-le s'approcher un peu. Juste un peu. Je te promets que tout ira bien.

Tout en agitant l'arme devant elle, elle éructa :

— Impossible que Guillaume se soit procuré quelque chose ! Il était à sec quand il est parti, enflure !

Une information qui figurait dans le dossier que Caleb avait lu. C'était parce que Guillaume ne transportait plus d'argent sur lui et parce qu'il n'avait plus les moyens d'en retirer depuis que Martha gérait ses comptes – une façon de s'assurer qu'il ne retomberait pas dans ses travers – que les trois affreux étaient là aujourd'hui…

— On sait, petite souris. On sait.

— Ton frère chéri a eu la bonne idée d'embêter Avril pour en obtenir plus alors qu'il nous devait déjà des sous, expliqua son acolyte blond.

— Que lui avez-vous fait ?

À cause du couteau qu'elle tenait, Ève ne pouvait cacher le léger tremblement qui la parcourait.

— Rien, grogna Avril. Je t'l'ai dit. Ton frangin et moi, on a trouvé un arrangement. Je s'rai payé et Guillaume a eu c'qu'il désirait.

La jeune femme déglutit avec difficulté. De plus en plus nerveux, Caleb s'empêchait d'intervenir tout de suite. Bon sang ! Pourquoi le type n'avançait-il pas ? Trois pas seraient amplement suffisants afin qu'il attaque et que le calvaire d'Ève s'achève !

— Guillaume n'a pas d'argent à vous offrir, répéta-t-elle pour se donner une certaine contenance.

— J'ai pas parlé d'argent. J'ai juste affirmé qu'je s'rai payé.

— Comment ?

Pas cette question… se désola l'Envoyé. *Un plan B. Il me faut un foutu plan B !*

— C'est toi l'paiement, petite souris.

Le sursaut d'Ève fut minime. Ses yeux ne s'écarquillèrent pas. On lui confirmait ce qu'elle craignait et refusait de croire.

— Il a pas beaucoup réfléchi avant de te vendre, ricana le balafré.

— Il t'a échangée contre un rien d'marchandise, petite souris, acquiesça le leader.

Elle ne répondit pas, tétanisée. Elle acceptait enfin la vérité et comprenait que son frère était le responsable de la situation.

Avril profita de son état de choc et agit comme Caleb l'attendait : il s'approcha. Lentement, dans l'optique de vérifier qu'Ève était figée, il effectua un pas, vite suivi d'un autre. Au troisième, l'émissaire de la Mort n'hésita plus.

— Maintenant, Flocon !

Il bondit, aussitôt imité par l'animal. Tandis qu'il assenait au blondinet un coup assez violent pour l'endormir avec le manche de son coutelas, Flocon se rua sur l'homme à la cicatrice. De ses pattes puissantes, il l'immobilisa afin que son maître lui fasse subir le même sort qu'au premier ; une technique apprise pour lutter contre les Démons lorsqu'ils étaient peu nombreux. Malgré leur nature, Caleb ne parvenait pas à oublier qu'ils avaient été des chevaliers et que lui-même n'était pas à l'abri de sombrer un jour. Bien qu'il sache que ça ne lui rendait pas service, il préférait donc les assommer plutôt que de les offrir au Néant.

En une dizaine de secondes, les deux intrus gisaient au sol, inconscients. Le temps qu'Avril pivote, il était déjà trop tard. Toujours invisible, Caleb n'avait plus qu'à s'occuper de lui.

Le jeune homme capta un mouvement sur la droite. Ève ! Il s'empêcha de crier. *Non ! Ne bouge pas. Pas encore,* pria-t-il. Hélas, focalisée sur la porte – son unique issue –, elle tenta sa chance.

Dès qu'il l'entendit, Avril leva son regard incrédule de ses deux compères. Tout se passa si promptement que

Caleb eut à peine l'occasion de le voir empoigner son amie par ses nattes pour la retenir. De surprise, elle en lâcha son arme. Elle fut forcée de s'arrêter, grimaçante de douleur.

— Caleb !

Merde ! Merde, merde, merde !

— T'iras nulle part, petite souris, déclara Avril tandis qu'il lui saisissait le bras. J'en ai pas fini avec toi !

Un sanglot s'échappa de la gorge d'Ève lorsque son bourreau la menaça de son propre couteau. Il semblait à l'affût. Ses yeux fouillaient la pièce. Qu'était-il arrivé à ses camarades ? Il l'ignorait et ne souhaitait prendre aucun risque. Caleb devina le fond de sa pensée : si un plaisantin se cachait ici, il le dénicherait.

Si seulement Ève avait patienté une ou deux secondes de plus…

J'aurais dû le prévoir. J'aurais dû !

Deux ans en tant qu'Envoyé lui avait enseigné l'importance d'attendre le bon moment. C'était devenu une habitude pour lui. Une habitude qu'un vivant était incapable de maîtriser en un jour, surtout dans une situation alarmante.

Il est temps d'improviser.

Silencieux, il s'avança vers Avril d'un pas. Les prunelles suppliantes d'Ève ne le quittaient pas, comme si malgré son invisibilité, elle pressentait qu'il était juste là.

— Où te planques-tu ? entendit-il l'homme persifler.

Prudent, il s'arrêta tandis qu'il observait chaque recoin de la cuisine.

— Montre-toi et je la relâche.

Caleb savait qu'il n'en était rien. Il reprit sa lente progression et, d'un geste, ordonna à Flocon de ne pas bouger. S'il réagissait avec rapidité, il pourrait arracher le couteau à Avril et le mettre hors d'état de nuire. Il commit cependant une erreur. Il ne prêta pas attention au sol. Alors qu'il approchait, une dalle du carrelage abîmée par les années émit un claquement.

— Je te tiens ! cria le chef de la bande.

Caleb sauta sur le côté avant que la lame de son arme ne siffle à l'endroit où il se situait. Avril, lui, n'eut guère le loisir de s'interroger. Ève lui martela l'épaule de coups de poing à l'aide de son bras libre. Le résultat fut immédiat : il se retourna.

— Dégage, salope !

La jeune femme tomba en arrière sans réussir à récupérer son équilibre. Sa tête heurta violemment le coin d'un meuble. Elle s'écroula.

– Ève ! hurla Caleb.

Elle gisait, inerte. L'angle que formait sa nuque ne laissait pas place au doute. Le choc la lui avait brisée.

— Putain ! Merde ! paniqua Avril quand il le réalisa.

Horrifié par la vision d'Ève étendue en face de lui, Caleb ne le poursuivit pas lorsqu'il s'enfuit sans se soucier de ses acolytes.

Ève... Non. Pas ça !

Tendu, n'arrivant pas y croire, il s'avança. Avec un cri plaintif, Flocon le rejoignit ; lui aussi avait compris. L'émissaire s'accroupit et voulut chercher un pouls. Il n'en sentit aucun sous ses doigts.

Pitié... non ! Non !

Une larme roula sur sa joue, suivie par d'autres. Il

avait échoué… Il n'avait pas été en mesure de la protéger.

Caleb prit Ève dans ses bras. Même si c'était désormais inutile, il embrassa son front. Non pas pour l'envoyer en douceur dans le Royaume, mais pour implorer son pardon. Il avait trahi sa confiance, n'avait pas été à la hauteur. Ève ne danserait jamais dans un grand opéra.

Non !

Bon sang, il y avait forcément un moyen ! Lui n'avait pas eu le choix, mais elle… elle…

Caleb était incapable de se résoudre à l'abandonner. Il fallait qu'il trouve une idée. Il la rejoindrait à la Frontière et…

Je ferai ce que j'ai à faire.

Les yeux brillants d'une détermination nouvelle, il chuchota :

— Je te promets de tenter l'impossible afin de te sortir de là. Je le jure. Je ne te demande qu'une chose, Ève. N'autorise pas le Voile à t'influencer. N'oublie pas qui tu es. Nous nous reverrons bientôt. Je t'aime.

*

Son coutelas en main, Diane repoussa l'un des trois Démons qui l'entouraient tandis que son familier tenait d'autres chasseurs d'âmes en respect. Elle commençait à être à bout de forces. Ils s'étaient pointés si vite ! Elle avait l'impression que Caleb était dans la maison depuis des heures.

Par les Spectres ! Pourquoi sont-ils toujours là-dedans ? Qu'est-ce qui les retient ?

Au fil des minutes, l'Envoyée doutait de son plan. Elle craignait de ne pas avoir pris la bonne décision.

Quand elle avait regardé la fiche de la fille et qu'elle avait lu qu'elle allait mourir seule après avoir été abusée, son sang s'était glacé. Ce n'était pas la première fois qu'elle tombait sur une mission semblable ; néanmoins cela l'affectait en particulier. Aucune femme ne devrait subir de pareilles atrocités. Aucune ! C'était autant pour cette raison que dans le but d'évincer Caleb qu'elle lui avait remis son dossier. S'il la sauvait, non seulement il ne pourrait pas être Second, mais en plus la victime n'aurait pas à endurer le calvaire que le Destin avait prévu à son intention...

Du coin de l'œil, Diane remarqua un Démon prêt à lui sauter dessus.

Tu ne passeras pas, fumier.

Alors qu'il était sur le point d'attaquer, il se ravisa. La déception et la colère envahirent son visage. Elle sut ce qui était arrivé : l'âme de la fille était hors-jeu. Elle avait traversé.

Inconcevable !

De rage, elle bondit vers son adversaire. D'un mouvement net et précis, elle lui trancha la gorge – en voilà un qui ne causerait plus de problèmes. Lorsqu'elle se retourna, les deux parasites restants étaient déjà loin. Elle en aurait presque hurlé de frustration.

Son plan avait échoué... Caleb n'avait pas sauvé son ancienne relation. Dorénavant, il faudrait qu'elle réponde de ses actes. Pourquoi avait-il eu entre les mains un dossier dont il n'aurait même pas dû avoir connaissance ? Il serait récompensé pour ne pas avoir modifié le cours des événements.

Diane vit ses chances de devenir Seconde partir en fumée. En une fraction de seconde, elle avait tout perdu.

Échec et mat.

X
Retour sur Terre

Deux ans plus tôt.

Distrait, Caleb gratta Flocon derrière l'oreille. Ils étaient installés sur le large canapé du bungalow qu'on lui avait attribué – une habitation qui, malgré ce que tous pensaient, n'était pas la sienne.

Deux semaines seulement s'étaient écoulées depuis qu'il avait accepté d'être un agent de la Mort. Il ne s'était occupé que de trois petites missions ; néanmoins, le canidé était déjà devenu son ami le plus proche. De mémoire, il avait toujours souhaité avoir un chien. Malgré ses pouvoirs et l'impressionnante apparence spectrale qu'il adoptait parfois, Flocon se comportait exactement comme tel.

Les Envoyés n'appelaient leur compagnon à eux que lorsqu'il leur fallait partir sur Terre, mais Caleb s'y refusait. Créés dans le but de les aider, les familiers n'étaient pas des machines. Ils méritaient d'être traités avec gentillesse et attention. D'autant plus que si chacun était aussi affectueux que Flocon, ses pairs y perdaient beaucoup !

Le jeune homme souffla. Son oisiveté forcée lui pesait et il priait pour qu'on lui propose une autre expédition. Il n'était pas sans savoir qu'un bleu recevait moins de tâches qu'un chevalier plus vieux. Cependant, rester au Royaume l'irritait. Il n'aimerait jamais cet endroit, c'était une conviction.

Maintenant qu'il était autorisé à aller dans son ancien monde, Caleb n'avait qu'une seule envie : retourner chez lui. S'il soupçonnait que son décès était réel, il avait besoin de davantage de preuves pour l'accepter. Il avait besoin d'apprendre de quelle façon sa famille réagissait à sa mort.

Jusqu'à présent, il s'était contenu, car il craignait qu'on le fasse suivre lors de ses débuts. Ne serait-il pas normal qu'Elle vérifie qu'aucune nouvelle recrue ne commette d'erreurs ? Il ne devait pas être le premier à l'aider uniquement dans l'espoir de rentrer chez lui, il en mettrait sa main à couper. Il était donc légitime qu'Elle veille à ce que tout se passe pour le mieux, qu'Elle s'assure que les novices ne rejoignent pas les Démons.

Serait-il obligé de patienter beaucoup plus avant de pouvoir se rendre à son domicile sans être surpris ? Caleb l'ignorait et était dans l'impossibilité de déterminer si les deux dernières semaines avaient été suffisantes. Il pesta ; il n'était pas sûr de tenir plus longtemps, surtout si on ne lui fournissait pas très vite un boulot.

Flocon le chatouilla du museau et réclama une caresse.

— Et toi, mon grand ? Tu crois qu'il serait préférable

de continuer à attendre ?

En réponse, l'animal reposa sa gueule sur ses genoux. Caleb était certain que d'ici deux à trois minutes, il dormirait. Que n'aurait-il pas donné pour réussir à se relaxer aussi…

Il était sur le qui-vive, prêt à bondir à la moindre occasion. Le coutelas qu'on lui avait attribué avec sa tenue de travail ne le quittait pas. Son intuition le poussait à rester vigilant. Il ne pensait pas les âmes capables du moindre mal dans leur prison de bonheur et d'oubli, mais il n'avait pas confiance en ses pairs — combien d'entre eux avaient choisi de La servir pour le confort des mourants ? Ryan était l'unique exception.

Éternel Second de la Mort, surnommé Envoyé en chef par l'entièreté de la Ruche, il avait été chargé de lui expliquer son rôle : de quelle manière ouvrir un portail et se défendre contre les chasseurs d'âmes, de quelle façon aider ces dernières à traverser, l'importance des horaires et du respect des règles établies, le temps maximum dont il bénéficiait une fois sur Terre, l'accompagnement des âmes jusqu'à la salle du trône... Des informations que Caleb s'efforçait de retenir, car si son désir était de visiter sa famille, il était hors de question de bâcler la tâche qui l'attendait.

Franc et souriant, Ryan avait réussi à le détendre en une ou deux phrases et n'avait pas cherché à le ménager quant à ce qu'il adviendrait si un Démon prenait le dessus : sa Disparition dans le Néant. Il ne lui avait pas non plus caché que beaucoup d'émissaires s'étaient faufilés jusqu'au lieu de leur ancienne vie par nostalgie et qu'il n'en était rien ressorti de bon.

Caleb se demandait souvent s'il avait deviné ses intentions et l'avait mis en garde ou s'il lui avait juste révélé une évidence. Cependant, sa façon d'aller droit au but lui avait plu. De tous les individus qu'il avait rencontrés, Ryan était celui à qui il se fiait le plus. La Mort n'arrivait qu'en seconde position. Si son cœur lui hurlait de lui accorder son entière confiance, trop de mystère l'entourait pour que sa tête en fasse autant.

Un faible souffle frôla son bras, Flocon s'était endormi. Il souhaita à son tour s'abandonner au sommeil et oublier où il était. Hélas, ses réflexions le torturaient et l'en empêchaient. Pouvait-il ou non tenter une visite chez lui ? Que trouverait-il sur place ? Meggie avait-elle conscience des événements ? Et ses parents, surmontaient-ils sa perte ? Comment se portait Ève ? Attendre sans avoir de réponses à ses questions était un véritable supplice.

Il faut que j'agisse !

L'heure n'était plus à l'indécision, Caleb avait assez patienté. Il sortait si peu en dehors de ses missions qu'il serait étonnant qu'il soit encore suivi – si ça avait un jour été le cas. En ouvrant un portail depuis le bungalow, il était improbable qu'on le remarque. *Je dois y aller.* Mû par une détermination nouvelle, il réveilla son familier :

— Debout, mon grand.

Flocon s'étira, puis sauta du canapé. À son tour, Caleb se redressa.

— C'est l'heure de partir en promenade.

Il s'approcha des fenêtres et vérifia les environs. Personne. Pour autant, il ne cria pas victoire et se tritura les méninges. Quel était l'endroit où il y avait le moins de chances qu'une âme le surprenne ? La réponse lui vint sans difficulté : la salle de bain. L'unique pièce du bungalow qui ne comprenait qu'une minuscule vitre, située en hauteur.

Caleb s'y rendit, talonné par Flocon. Là, il n'hésita plus. Il croisa ses poignets sur son torse, comme Ryan le lui avait montré, et usa du pouvoir qu'Elle lui avait octroyé. Le temps de se remémorer qu'il était recommandé de toujours laisser sauter son chien spectral en premier, il était déjà engagé dans le passage. Le picotement caractéristique du retour sur Terre le traversa. Il frissonna. Gagner son ancien monde n'était pas agréable. Caleb était convaincu que le portail *savait* que le lieu ne lui était plus destiné. À l'inverse, rentrer au Royaume provoquait une douce chaleur. Il soupçonnait la Mort d'y avoir une part de responsabilité. Ça ressemblait trop à un rappel à l'ordre pour être innocent.

Ses pieds rencontrèrent un sol ferme. Il s'avança et entendit plus qu'il ne remarqua Flocon le rejoindre. Attentif, le jeune homme scruta les environs. Il n'était pas visible des vivants ; néanmoins il était possible qu'ils entrevoient un éclair blanc lorsque la porte entre leurs mondes s'ouvrait. Il était également envisageable qu'un Démon soit dans les parages. Mais Caleb eut beau vérifier, il n'aperçut rien d'alarmant. Il pesta toutefois quand il avisa l'endroit où il était tombé : l'entrée du lycée devant lequel une voiture lui avait fauché la vie.

Bon sang !

La justesse de ses « voyages » n'était pas au point. Il était pourtant certain d'avoir procédé de sorte à se retrouver près de sa demeure ! Avait-il songé à son décès sans le vouloir en traversant ? Sans doute. Il n'ignorait pas qu'une seule pensée était capable de modifier la précision de la déchirure la plus stable. Par bonheur, il avait atterri dans la bonne ville.

Caleb s'assura que Flocon le suivait, puis progressa dans les rues, aussi pressé qu'anxieux. Rencontrerait-il sa famille ? Réussirait-il à résister à l'envie de se montrer à elle ? De la rassurer sur son sort ? Nerveux, il inventa une multitude de scénarios durant son trajet, mais nul ne le prépara au panneau « À vendre » qu'il distingua sur sa façade.

Non...

Il courut et s'en rapprocha. Il ne parvenait pas y croire. Ses parents n'avaient à aucun moment parlé de déménager ! Où étaient-ils désormais ? Ne reverrait-il plus Meggie ? Son adorable et agaçante petite Meggie…

Obnubilé par la pancarte et par ses espoirs soudain brisés, il ne remarqua pas immédiatement qu'il n'était pas seul. M. De Becker, son voisin, profitait du calme de sa terrasse. Il le salua, puis se rappela qu'il était invisible.

Caleb cherchait quoi faire quand Pauline sortit à son tour. Le couple paraissait avoir pris un coup de vieux. Cependant, il ne s'agissait peut-être que d'une impression.

Comme en écho à ses propres réflexions, Pauline déclara :

— J'ai du mal à réaliser que les Ricards n'habitent plus à côté.

— À qui le dis-tu ! répondit son mari. Mais je

comprends qu'ils soient partis. Si je vous perdais, toi, Louane ou Camille, je n'arriverais pas à rester là où nous avons été heureux. Pauvre gosse.

Caleb avait conscience qu'il n'était plus vivant. Il n'avait pas pu le nier longtemps et avait été obligé de regarder les choses en face après son entrevue avec la Mort. Malgré tout, l'entendre de la bouche de son voisin et en apprendre les conséquences directes sur sa famille, son entourage et le lieu qu'il avait toujours connu lui provoqua un choc.

Un goût amer s'insinua dans sa bouche. La nausée le tenailla. Il réalisa que malgré ce dont il se persuadait, il n'avait pas tué l'intégralité de ses espoirs. Au fond de lui subsistait encore une étincelle, un rien qui le forçait à imaginer qu'un retour en arrière était possible. Aujourd'hui, cette étincelle commençait juste à s'amoindrir.

Je suis contraint de l'éteindre, saisit-il. *Je le suis si je veux enfin accepter la vérité.*

La pensée lui parut d'abord insensée. Caleb se jugea dingue. Bon sang, il était décédé ! À quoi bon chercher une nouvelle preuve ? C'en était presque risible.

Ridicule, oui, c'était le mot. Hélas, ça ne l'empêcha pas de se diriger vers le cimetière. *Si je contemple ma tombe, je n'aurais plus d'incertitudes.* Il tenta de s'en convaincre le long du chemin, autant parce qu'il lui fallait admettre que le Royaume était son foyer que pour oublier temporairement sa famille. *Je n'ai pas la moindre idée de l'endroit où ils sont partis.* Cette pensée le tortura à chacun de ses pas. La Mort avait sans doute les réponses à ses questions, mais accepterait-Elle de les lui fournir ? Elle connaissait son désir de les revoir. Par prudence, Elle ne prendrait pas le risque qu'il se dévoile à eux.

Un frisson le parcourut à l'orée du cimetière. Était-il prêt ? Ses parents l'avait-il enterré ici ? Que ferait-il s'il ne remarquait son épitaphe nulle part ? Qu'en tirerait-il comme conclusion ?

Ne pas y songer. Se contenter d'avancer.

Caleb entra. Flocon sur ses talons, il se dirigea vers le fond, là où les tombes récentes se situaient. *Là où ma tombe devrait se situer.* Il était incapable de dire ce qu'il craignait le plus : repérer sa sépulture ou ne rien découvrir et se perdre en conjectures ? Admettre enfin l'existence de la Faucheuse, des Quartiers et de ce qui constituait dorénavant son quotidien ? Ou tout remettre en cause et refuser de croire ce que sa vue lui criait ?

De son vivant, il n'était pas souvent venu au cimetière. Il rendait à peine « visite » à son grand-père le jour de la Toussaint. À l'instar de ses souvenirs, l'endroit était pratiquement désert. Seules une ou deux personnes étaient présentes, silencieuses. Malgré lui, l'alignement des pierres lui rappela les Quartiers et leur symétrie. Les deux lieux n'étaient pas si différents, quand on y réfléchissait.

L'un accueille des corps vides, l'autre des âmes pour leur seconde vie.

Caleb rejoignit la dernière rangée de tombes trop vite à son goût. L'instant de vérité était proche ; très proche. Il inspira, puis avança en lisant chaque nom avec une certaine appréhension.

Quand le sien lui apparut, il se figea.

*Je suis mort. Mort et enterré. Et pourtant… je suis là,
à fixer ma propre pierre.*

Ladite pierre était simple, mais suffisante. Lisse, elle
n'arborait qu'un médaillon avec sa photo ainsi que des
lettres et chiffres dorés : son patronyme, la date de sa
naissance et celle de son décès. Un cadre où était
calligraphiée la mention « À notre fils adoré » avait
également été ajouté par-dessus. Plusieurs gerbes de
fleurs pleines de vitalité avaient été déposées à son pied.
Son regard accrocha une figurine dans une vasque. Pour
l'avoir déjà aperçue chez lui avant, Caleb devinait qui
l'avait mise ici.

— Meggie… souffla-t-il.

Sa petite sœur avait-elle compris qu'elle ne le
reverrait plus ? Il n'osa l'envisager. *Aucun avenir sur
Terre ne m'attend. Le Royaume est le seul endroit où je
suis le bienvenu, désormais.* Il se le répéta encore et
encore, mais ne détourna pas les yeux de la sépulture. Sa
dépouille y était-il ensevelie ? Il le présumait. Hélas, il
avait du mal à l'imaginer.

Depuis son réveil à la Frontière, Caleb ne s'était
jamais considéré comme une âme. La faute à la
tangibilité de son corps. Il avait gardé son apparence,
ressentait la douleur, respirait, percevait son cœur qui
battait ; autant d'éléments qu'il avait associés à son
ancien statut de mortel. Bien sûr, il était possible que ça
ne soit qu'une impression, qu'une sorte de reflet de ce
qu'il avait été… mais bon sang, ça avait l'air réel ! Si
réel qu'il peinait à accepter que sa dépouille pourrisse au
fond d'un trou.

La nuit était tombée. Caleb se leva, puis se rassit dans le canapé. Les doigts de sa main droite pianotèrent sur l'accoudoir. L'image de sa tombe ne le quittait pas.

Flocon posa une patte sur sa jambe sans qu'il réagisse. Prisonnier de son introspection, il ne la remarqua pas. Une réflexion était venue le tarauder dès qu'il avait filé du cimetière et ouvert un portail. Elle ne cessait plus de le torturer. Était-il vraiment sous une stèle ? Sa famille s'était sans doute occupée de l'enterrement elle-même. Il n'arrivait cependant pas à chasser la question de sa tête.

Il s'agissait d'une curiosité malsaine, il en avait conscience. Une curiosité morbide qui le révulsait, dont il ne se serait pas cru capable. Une petite voix l'implorait de retourner là-bas ; elle l'y encourageait dès qu'il laissait son esprit vagabonder. C'était la troisième fois qu'il se relevait du divan dans le but de partir, puis se ravisait.

— De quelle façon dois-je me comporter ? demanda-t-il au canidé.

Une part de lui brûlait de se rendre sur Terre, tandis qu'une autre le pressait de ne pas bouger et lui assurait que le temps tuerait ses incertitudes.

Décide-toi. La nuit ne durera pas éternellement.

L'Envoyé avait envie d'y aller, mais il ne parvenait pas à franchir le pas. *Si je m'exécute et profane ma tombe, je suis aussi dérangé qu'un Démon.* La peur l'entravait. Il n'était pas un pilleur et ne désirait pas en devenir un. Mais était-ce toujours du pillage lorsqu'il s'agissait de sa propre sépulture ?

Il ne réussit pas à résister davantage : il se leva derechef, s'attira l'attention de Flocon et ouvrit une porte entre les mondes.

— Tu acceptes de m'accompagner, mon grand ? Il me reste une chose à accomplir.

En réponse, le chien sauta dans la déchirure – s'il n'avait pas commis d'erreur, il était près de l'endroit où son corps pourrissait.

Avant de le rejoindre, Caleb fonça dans le débarras, où il avait repéré une pelle plus tôt dans la journée. Tout en l'empoignant, il balaya la pensée qui lui affirmait que pour que l'outil soit ici, la Mort devait déjà connaître ses intentions.

Beaucoup de gens possèdent une pelle chez eux. Elle n'était posée là que dans le but de donner l'illusion que « ma » maison est semblable à celles qu'il y a sur Terre.

Il réduisit ses appréhensions au silence, puis retourna dans le salon, où il plongea dans le passage. Il était désormais trop tard pour renoncer.

Caleb ne gagna pas son dernier emplacement comme il l'avait escompté. Toutefois, son portail le mena à l'intérieur du cimetière – il en aurait été fier s'il n'avait pas été si concentré vis-à-vis de ce qu'il comptait faire.

Flocon ne l'attendait pas. Il avait de toute évidence foncé jusqu'au lieu de son futur larcin. Il était intelligent et avait pressenti où ils se rendaient. Peut-être avait-il saisi que son maître se préparait à souiller sa tombe.

Bien qu'invisible, Caleb s'assura d'être seul. Puis il referma ce qu'il avait créé et se dirigea vers le fond du cimetière. La prudence était plus que jamais de mise. Il ne souhaitait pour rien au monde qu'on trouve son cercueil ouvert. Sa famille n'avait nullement besoin de ça.

Pelle en main, il arriva sur sa sépulture. Son familier le regarda ; assis, il paraissait l'attendre. L'air était plutôt frais, mais des gouttes de sueur lui dévalaient dans le dos.

Il faut que je sache. Il le faut si je veux accepter ma nouvelle vie. Je n'ai pas le choix.

Ces paroles passaient en boucle dans sa tête, telle une litanie. Sans être sûr d'y croire, Caleb y puisait le courage qui lui était nécessaire.

Il tenta de ne pas trop réfléchir et commença à creuser. Casser la pierre n'était pas une option. Il refusait que ses parents soient hantés par l'idée qu'un pilleur avait essayé de saccager l'endroit où reposait leur fils. *Ils n'imagineraient pas que ledit pilleur est leur propre enfant !* Même si la manœuvre risquait d'être longue, il préférait aller chercher son cercueil par l'avant. Il avait conscience qu'il réussirait : la mise en terre de la tante de son père s'était effectuée de manière similaire afin qu'elle soit aux côtés de son mari.

Durant ce qui lui sembla être des heures, il creusa sans s'arrêter. La douleur s'empara de ses bras, mais il ne s'accorda pas de pause. Il était essentiel que tout revienne à la normale à l'aube.

Lorsqu'il eut atteint une profondeur et une largeur qu'il jugea suffisantes, l'émissaire gratta l'humus devant lui. Sa pelle rencontra une résistance et il devina qu'il avait déniché son cercueil. Il ne lui restait qu'à le sortir de là.

Il dégagea de la terre humide et lourde durant un bon

moment, puis la bière fut enfin accessible. Il la tira vers lui. *Que suis-je en train de faire ?* Il leva son outil, prêt à l'ouvrir. *Je ne peux pas.* Il allait découvrir si son corps y gisait. *Je dois pourtant. Il faut que je vérifie.*

La pelle s'abattit sur la fermeture et la brisa. D'un coup de pied, Caleb poussa le couvercle.

L'odeur fut épouvantable. Il recula et lutta afin de ne pas vomir. Bon sang ! Il était fou de s'infliger ceci.

Il est trop tard pour regretter.

Il remonta le col de son pull sur son nez, puis s'approcha. L'heure de vérité avait sonné. Après ça, ou il n'aurait plus de doutes, ou une sérieuse discussion avec Elle s'imposerait…

Rien ne l'avait préparé à ce qu'il aperçut. Horrifié, il vacilla. Était-ce vraiment lui ? La décomposition l'avait-elle ravagé aussi vite ? Il n'avait plus qu'un seul désir : fuir.

Il se força à demeurer sur place.

Tuer mes derniers espoirs. J'ai besoin de les tuer pour être enfin tranquille.

Comme s'il percevait son malaise, Flocon gémit.

— J'ai presque fini, mon grand.

Caleb lui avait ordonné de faire le guet près de la tombe. Si n'importe qui mettait un pied dans le cimetière, il en serait informé. Mais lorsqu'il vit la terre qu'il avait dégagée, il pria pour qu'un manque de chance pareil ne se produise pas : il ne pourrait jamais reboucher le trou qu'il avait creusé avant que quelqu'un vienne par ici.

Il batailla contre la nausée et se pencha au-dessus du corps. *Son* corps – ou du moins, ce qu'il en demeurait.

C'est bel et bien moi...

Il ne lui était plus possible de se voiler la face. Tout était vrai. Il était mort et devenu un Envoyé. Il le savait depuis son entretien avec Elle. Il l'avait toujours su, au fond.

Aucun retour en arrière n'est envisageable. Je suis et resterai son chevalier.

Pendant un instant, le jeune homme fut incapable de bouger, paralysé par ce qu'il observait et par ce que ça impliquait. Puis, avec dégoût, il arracha son regard du cadavre et contempla l'espace vide d'où il avait tiré le cercueil. L'idée qu'une partie de lui réside là le rendait étrangement mal à l'aise. Sans qu'il le comprenne, il eut soudain peur d'y remettre ses ossements, comme si les faire disparaître pouvait permettre à ses incertitudes de renaître et raviver ses vaines espérances.

Je suis mort et rien ne le changera. Il n'y a plus d'hésitation à avoir.

Hélas, lorsqu'il posa à nouveau les yeux sur son ancien corps, Caleb n'en fut plus si sûr.

XI

Le réveil d'Ève

Talonné par son familier, Caleb émergea d'une déchirure et atterrit au bord de la Frontière. Nerveux, il jeta un coup d'œil en direction de la Ruche ; il fallait qu'il soit le premier à trouver Ève. Il pria pour que nul ne se soit rendu compte qu'il s'était occupé d'elle, une âme qu'il avait connue de son vivant. Puis il inspira profondément. Il était capable d'y arriver, à plus forte raison si « l'erreur » venait de Diane – elle ne devait pas être pressée d'avouer sa faute.

Il balaya les alentours du regard et repéra son amie. Allongée dans l'herbe tendre comme il l'avait été deux ans auparavant, elle n'était pas encore réveillée. *C'est mieux ainsi*, lui souffla une part de lui. Caleb n'était pas sûr de savoir comment se comporter avec elle ni que lui raconter lorsqu'elle le serait. Il craignait leur confrontation. Lui en voudrait-elle autant qu'il s'en voulait ? Accepterait-elle de lui accorder une fois de plus sa confiance ?

Bon sang, j'ignore ce que je vais lui dire…

Angoissé, l'Envoyé s'approcha de la jeune femme, puis s'assit à ses côtés et tâcha de recouvrer son calme.

Tant qu'elle ne s'éveillait pas, il ne pouvait rien faire.

Inutile de me ronger les sangs. J'ai besoin de garder la tête froide.

Tout s'était déroulé si vite après son trépas ! Il ne s'expliquait pas de quelle façon il s'y était pris pour rester concentré, pour continuer à réfléchir. Déjà, les souvenirs se soustrayaient à sa mémoire. Il essaya de se rappeler l'essentiel…

Effondré sur le sol de la cuisine, il était en train de bercer le corps sans vie de son aimée quand une idée lui était apparue, folle et insensée ; une idée dangereuse qu'il n'était pas certain de réussir à mettre en place, mais pour Ève, il était prêt à s'y hasarder.

Caleb se revoyait se redresser, puis observer le désastre. Le blondinet et le balafré gisaient près de l'entrée de la cuisine – il n'y avait pas été de main morte au moment de les assommer. Ses poings s'étaient serrés et des envies meurtrières l'avaient assailli. Elles avaient tenté de le séduire. Ces individus méritaient plus de décéder qu'Ève. Ils étaient responsables de ce qui était advenu au même titre que Guillaume et Avril… au même titre que lui. Si Flocon ne l'avait pas ramené sur terre en le poussant du museau, la raison ne se serait pas rappelée à lui.

Il avait ensuite été forcé d'admettre l'évidence : Ève avait traversé. Néanmoins, elle n'avait pas été reçue en audience par la Mort. Il demeurait l'espoir que son arrivée au Royaume soit passée inaperçue. Le retard dans les dossiers jouait en sa faveur. Caleb avait compris qu'il lui fallait rejoindre Ève au plus tôt.

Pour que son plan fonctionne, il fallait aussi que les

vivants n'apprennent rien de ce qui s'était déroulé dans la maison de l'étudiante. Personne ne devait être mis au courant du décès. Il s'était donc efforcé de se calmer, de masquer ses tremblements. Il s'était échiné à penser à un endroit où cacher la dépouille de son amie. Un lieu s'était imposé à son esprit, qu'il savait désert. Nul ne songerait à se rendre là-bas. Il y avait si longtemps qu'il n'y était pas allé ! Il avait ouvert un portail, puis soulevé Ève dans l'optique de l'y emmener. À sa culpabilité de ne pas avoir réussi à la sauver s'était ajoutées la peur et la peine qu'il ne manquerait pas d'infliger à Martha. Si ça n'avait pas été si risqué pour lui et l'intégrité du Royaume, il lui aurait déposé un mot ou offert un indice, un petit rien qui ôterait son inquiétude et lui assurerait que sa fille n'avait pas mystérieusement disparu dans les jours qui suivaient la fugue de son garçon. Hélas, c'était impossible.

Caleb était retourné dans la cuisine en s'évertuant à ne pas trop s'attarder sur ses regrets. Il avait déplacé les corps des deux intrus et nettoyé la moindre trace de leur venue. Anxieux, il s'était dépêché : la police aurait pu surgir à n'importe quel instant. Et qu'aurait-il fait si Ève s'était réveillée seule à la Frontière ? Si un émissaire l'avait trouvée ? Si jamais qui que ce soit avait appris qu'ils se connaissaient, qu'il s'était employé à la protéger, il aurait tout de suite été conduit devant la Faucheuse et n'aurait plus eu aucune marche de manœuvre.

La chance m'a souri, se réjouit-il alors qu'il contemplait l'endormie, *je suis parvenu à la retrouver sans qu'un malheur survienne.*

Un mouvement à ses côtés finit de le tirer de ses réflexions. Ève revenait à elle. Caleb déglutit et sa nervosité le gagna. Que lui raconterait-il ? Avait-elle au moins réalisé ce qu'il se passait avant de mourir, la nuque brisée par un coin de meuble ? Il allait rapidement le découvrir…

Perdue, la jeune femme prit plusieurs secondes pour se relever, puis scruta les environs. Caleb imagina sans mal la question qui la taraudait : où suis-je ? Quand son regard se posa sur lui, elle parut hésiter :

— Caleb ?

Il hocha la tête. Si elle le reconnaissait, la balance était de son côté. Il était nécessaire qu'elle ait foi en lui pour ce qu'il envisageait. Sans ça, tout était foutu. N'importe qui le jugerait fou après ce qu'il avait l'intention de lui avouer – lui-même avait eu besoin d'un certain temps afin de le digérer.

— Co… comment te sens-tu ? l'interrogea-t-il.

— Bien.

L'Envoyé en resta muet. Il s'était préparé à l'amertume, à la tristesse, à l'incompréhension et à la crainte. Pas à une quiétude plate, à une voix douce et résignée.

— Je suis morte ?

Il confirma ; elle avait saisi si vite ! Plus vite que la plupart des âmes qu'il avait accompagnées ici. Et ce calme froid, cette indifférence… On aurait volontiers cru qu'elle ne parlait pas d'elle, mais d'une autre. Caleb en eut des frissons. L'appréhension lui serra la gorge, elle le paralysa sur place.

— Que va-t-il se produire maintenant ? susurra Ève.

Il se mordit la langue.

— Tu as toujours confiance en moi ?

Elle acquiesça.

Son expression a changé. Elle a l'air… ailleurs.

Il ne voyait pas de quelle manière le définir.

— Tu ne m'en veux pas ? Pour ce qui est arrivé chez toi ?

Il devait savoir. Ses craintes grandissaient au fur et à mesure que les secondes s'écoulaient.

Je suis désolé. Tellement désolé…

Un mince sourire aux lèvres, Ève lui affirma que non.

— Je suis morte, Caleb. Je le suis et personne n'est responsable.

Les mots furent aussi douloureux qu'un coup de poing. Le Voile l'avait déjà transformée… Oublié le ressenti de son trépas ! Oublié le fait qu'elle ne souhaitait pas décéder, qu'elle le lui avait garanti ! Ne demeurait qu'une résignation mensongère qui serait d'ici peu remplacée par une fausse béatitude si Elle la recevait et lui attribuait le logement idéal.

Caleb frémit. *Pas Ève. C'est impossible. Pas elle.* Il ne pouvait s'y résoudre. Elle n'était pas une création du Voile. Elle ne méritait pas un tel sort. *Elle aspirait à être danseuse, à enseigner sa passion.* Bon sang, pourquoi n'avait-il pas été fichu de la sauver !?

— De quoi te souviens-tu ? lui demanda-t-il, la gorge serrée.

— Je suis tombée, il me semble. Tu étais là et… tu as crié. J'ai eu mal, puis je me suis réveillée.

Ce foutu Voile a rempli son rôle…

— Et Guillaume ?

Le visage de son amie s'assombrit.

— Il est parti de la maison.

La mâchoire de Caleb se crispa. Si Ève ne se rappelait que ça, il était normal qu'elle n'éprouve pas de rancœur envers lui ! Il n'osa pas lui dire la vérité, si cruelle à entendre. Cependant, s'il ne la lui avouait pas, accepterait-elle de lui accorder du crédit ?

— Devines-tu pourquoi je suis ici ? reprit-il.

— Tu es venu me chercher, je suppose.

Il confirma.

— Pourquoi, à ton avis ?

— Je… je n'en ai aucune idée, répondit-elle au bout de deux ou trois secondes.

Caleb soupçonnait qu'une part d'elle ne l'ignorait pas ; profondément enfouie sous les effets du Voile, elle se battait pour émerger des tréfonds de sa mémoire. Tout n'était peut-être pas perdu.

— Je suis là parce que j'ai prononcé une promesse aujourd'hui. Elle a précédé de peu ton décès.

Il s'étrangla sur les deux derniers mots, il ne réussissait pas encore à y croire. Néanmoins, les faits ne trompaient pas. Ève était au Royaume par sa faute.

— Je…

Elle s'interrompit avant d'ajouter quoi que ce soit.

— Oui ? l'encouragea-t-il.

— On discutait, mais je suis incapable de me rappeler tes paroles. Les images sont si floues… Combien de temps suis-je restée inconsciente ?

— Moins d'une heure. Si tes souvenirs te paraissent brumeux, c'est à cause du Voile.

— Le Voile, répéta-t-elle.

Ève était perplexe et Caleb le comprenait sans peine. Il tenta de l'éclairer :

— Imagine-le comme une sorte de passage entre la vie et la mort, entre la Terre et le monde de la Faucheuse. Chaque âme le traverse. Il agit sur elles dans le but de leur faciliter leur arrivée, afin qu'elles embrassent mieux leur trépas. Voilà la raison pour laquelle tout a l'air si nébuleux.

C'est « grâce » à lui que tu n'es plus réellement toi-même. Il nous change, que nous le désirions ou non.

— Ça explique que tu éprouves une sensation de bien-être en ce moment, ajouta-t-il.

Ève le dévisagea, incrédule.

— Tu n'étais pas prête à mourir.

— Sans doute, dit-elle. Il est trop tard, maintenant.

Ce calme ! Il en était presque oppressant.

— Non, Ève. Tu… Tu n'aurais pas dû décéder, je… Je suis responsable ! Je n'ai pas su te protéger.

J'ai échoué.

— Ce n'est pas de ta faute, je t'assure. Je suis certaine que la suite des événements se passera pour le mieux.

— Non !

Non, non et non.

Caleb n'avait jamais autant détesté le Voile ! Se rappelait-elle au moins ses rêves ?

— Tu t'entraînais pour être danseuse.

— Vraiment ? le questionna-t-elle.

Sa stupeur n'était pas feinte.

J'en étais sûr. Elle n'aurait pas baissé les bras aussi vite. Foutu Voile !

— Tu avais à cœur d'enseigner la danse plus tard. Tu

dansais très souvent, surtout lorsque tu étais contente. Peu importe le lieu et l'endroit.

— Je… je ne m'en souviens pas.

— Le Voile, répéta-t-il. J'ai besoin que tu te fies à moi. Sans lui, tu ne supporterais pas la situation.

Elle hésita. Caleb pressentit que l'incertitude la rongeait.

Aie foi en moi, s'il te plaît.

— Tu m'as déjà parlé d'un tel endroit ! s'exclama-t-elle soudain.

Se le rappelait-elle ? Il n'osa l'escompter.

— Tu… tu m'as dit que la Mort t'avait permis d'être son…

— Son Envoyé, c'est exact !

L'espoir le saisit.

— Je le suis parce que le Voile n'a pas très bien marché sur moi.

Ève opina.

— Je ne parviens pas à me remémorer le reste, désolée.

— Ce n'est pas grave. Je suis convaincu que tes souvenirs se manifesteront par la suite si tu refuses d'oublier.

Du moins, Caleb le souhaitait.

— Je ne te demande qu'une seule chose, poursuivit-il. Si tu le peux encore, accorde-moi ta confiance. Tu n'as aucune envie d'être ici et toute une vie t'attend sur Terre. Tu seras danseuse, je te le promets.

Les yeux de son amie s'écarquillèrent. L'instant de vérité approchait.

— Caleb… il est trop tard.

Lance-toi, s'encouragea-t-il.

— Ce ne sera pas facile, mais il y existe un moyen de revenir en arrière.

XII

L'information de Jack

Huit mois plus tôt

Ne pas être suivi par Flocon était si inhabituel que Caleb en perdait ses repères...

Il était normal que la Mort veuille à l'occasion contrôler ses créations et les fasse revenir auprès d'Elle. Toutefois, il n'aurait pas pensé que l'animal lui manquerait tant. Sans lui, il avait l'impression d'être aussi vide que les défunts béats qu'il croisait dans les Quartiers. Autant que ses pouvoirs, Flocon constituait la preuve qu'il était plus qu'un habitant du Royaume.

Les autres chevaliers ne le comprenaient pas. Pour eux, rien ne changeait. Leur familier ne les accompagnait que durant leurs missions. Alors en dehors de celles-ci, qu'il soit de retour à la Ruche ou vagabonde ailleurs en attendant d'être sollicité, quelle différence ?

Caleb appréciait la plupart de ses pairs, mais Flocon lui emboîtait le pas si souvent et partout qu'il lui était impossible de s'expliquer leur détachement. Malgré lui, il en était venu à ressentir une pointe de mépris à leur égard. Spectral ou non, un chien reste un compagnon, pas un outil qu'on utilise en cas de besoin.

Tandis qu'il déambulait sur les pavés d'une rue inconnue, il ne cessait de se demander combien de temps s'écoulerait avant que son ami canin lui soit rendu. Nulle tâche ne lui serait attribuée sans lui ; néanmoins, il était reparti sur Terre, car son bungalow lui évoquait trop l'absence de Flocon.

L'Envoyé s'était habitué à être invisible. Il pouvait talonner ou observer qui il souhaitait sans qu'on le remarque. Contempler la routine dans laquelle il s'était enlisé lors de sa première existence l'avait toujours apaisé. À ses yeux, elle représentait un rappel : malgré son nouveau statut, la vie continuait. Aujourd'hui hélas, le cœur n'y était pas.

Depuis qu'il avait franchi son portail, Caleb n'avait fait que cheminer dans une ville encore inexplorée, le capuchon de sa cape courte relevé sur son crâne pour se protéger du froid. Parfois, lorsque son regard tombait sur une tache rouge au loin, il levait la tête à la recherche de l'un de ses comparses. Un agent en faction lui laisserait espérer qu'il y avait une chance que Flocon l'attende chez lui. Malheureusement, il n'en avait pas croisé.

On dirait que je suis le seul sur place, s'attrista-t-il.

Rien d'étonnant en vérité, puisqu'il n'avait pas surpris le moindre Démon dans les environs. Ces derniers localisaient les mourants plus rapidement que leurs compagnons à pattes — il se racontait que certains les dénichaient avant la Mort elle-même. Traquer les âmes était l'unique but de leur existence. Au fond, Caleb les plaignait. Mieux valait passer une éternité de félicité factice que de finir ainsi…

Un détail capta soudain son attention. Adossé contre le mur d'un restaurant, un mortel écarquilla les yeux lorsqu'il s'engagea dans la rue ! Il retrouva cependant si vite contenance que l'émissaire fut pris de doutes.

Ma tenue ne s'accorde certes pas avec celle des badauds, mais personne ne peut soupçonner ma présence.

Il avait dû l'imaginer. Pour se rassurer, il agita un bras en direction de l'homme, qui ne broncha pas.

Caleb se remit en route. Par prudence, il demeura alerte et, cette fois, il en eut le cœur net : l'individu le scrutait ! S'il tentait d'être discret, les faits étaient là. Non seulement il le voyait, mais il savait qui il était. *Bon sang, il s'agit d'un Démon !* Hormis ses pairs et les créations de la Mort, les chasseurs étaient les uniques êtres en mesure de l'apercevoir.

L'Envoyé soupira. Il avait affaire à un traqueur très ancien, capable de s'infiltrer au milieu des non-morts sans que l'un des siens réalise qu'il n'appartenait pas à leur monde. Seul son coup d'œil l'avait trahi. Du reste, il paraissait assez banal. La quarantaine, il était vêtu d'un pantalon en lin et d'un trench assorti.

Il essaie de se fondre dans le décor.

Caleb s'évertua à ne pas réagir. Les bannis du Royaume n'étaient pas réputés pour se cacher. La plupart lançaient l'assaut dès qu'ils constataient la présence d'un chevalier – leur venue confirmait qu'un être prêt à traverser n'était pas loin. Le comportement de celui-ci l'intriguait. *Va-t-il m'attaquer quand je ne serai plus dans son champ de vision ?* Il lui fallait s'en assurer.

Du coin de l'œil, il ne quitta pas le voleur d'âme et observa son attitude. L'homme se désintéressa de lui, rassuré qu'il poursuive son chemin. Caleb crut halluciner. De mémoire, aucun Démon ne s'était conduit ainsi auparavant. Pourquoi l'évitait-il ? Qu'est-ce qui l'aidait à résister à l'attrait qu'il représentait si, à l'instar de ce que la logique voulait, il se rendait au chevet d'un mourant ? Sa curiosité fut piquée au vif.

Furtif telle une ombre, il se glissa dans une rue adjacente, puis chercha à contourner les bâtiments. Il avait remarqué un petit boyau à côté du restaurant. S'il arrivait à s'y faufiler par l'arrière, il pourrait épier le chasseur sans qu'il le découvre – ce qui serait préférable, vu que Flocon ne l'accompagnait pas : il n'était pas sûr de gagner un combat contre un exilé aussi ancien.

Son sens de l'orientation n'avait jamais été performant. Malgré tout, au bout de deux ou trois allers-retours, Caleb réussit à atteindre l'endroit souhaité. La ruelle n'était pas large. Sombre, elle n'était visiblement utilisée que comme entrée de service dudit restaurant ; en dépassant une grande benne à ordures, il fut contraint de retenir sa respiration tant l'odeur était vive.

Pourvu que je n'agisse pas en vain.

Une chance pour lui, le traître ne s'était pas éclipsé. Il le repéra sans difficulté lorsqu'il se pencha à l'angle du mur.

Il a l'air d'attendre, mais quoi ?

Durant une dizaine de minutes, il resta immobile, à l'abri. Plus les secondes s'écoulaient, plus il s'interrogeait. Ce ne fut que lorsque les poils sur ses bras se hérissèrent qu'il comprit ce que l'homme guettait : ses semblables.

Merde !

Un Démon à combattre seul était une chose. En affronter plusieurs sans l'aide de son familier en était une autre. Si on le surprenait…

Mieux vaut que je rebrousse chemin.

Caleb balaya son propre conseil. Poussé par son intérêt, il demeura sur place. À moitié paralysé à cause de la peur d'être découvert, il n'osa pas remuer afin d'observer les nouveaux venus lorsque des bruits de pas lui parvinrent. Il se contenta d'écouter.

— Vous en avez mis du temps.

Le reproche émanait de l'individu qu'il épiait, Caleb le devina sans peine tant son timbre collait à son physique.

— Il n'y a que toi pour t'en soucier ! On a l'éternité devant nous, lui répondit une femme.

— J'ai beau ne plus être le pantin de cette garce, j'approuve encore sa philosophie : la moindre seconde a son importance.

— Rien ne me fera gober les paroles d'une telle salope, renchérit un autre type.

Caleb grinça des dents. Ils médisaient d'Elle, l'une des seules personnes qu'il s'autorisait à qualifier d'amies au Royaume. Bien que furieux, il s'arma de patience.

— Vous êtes en retard, soit. Pourquoi teniez-vous à me rencontrer ?

— On raconte que tu possèdes des informations, Jack, susurra la chasseresse. Sur le moyen de récupérer son ancienne vie.

Caleb se figea. *Impossible !* Malgré ça, il n'en fut que plus attentif.

— Pas si fort, idiote ! Un des *chiens* traîne dans le coin…

— Faux. On le sentirait si un mourant s'apprêtait à traverser. Aucun Envoyé n'est dans les parages.

— Je l'ai vu de mes propres yeux.

Ainsi, son imagination ne lui avait pas joué de farce. Il avait été espionné tout à l'heure.

— Depuis combien d'années évolues-tu parmi les nôtres ? enchaîna le dénommé Jack, sans doute à l'intention de la Démone.

— Environ cent soixante ans.

— Cent soixante ans ne t'ont donc pas enseigné que prudence est mère de sûreté quand il s'agit des Envoyés ?

Elle ne répondit pas. Caleb entendit le deuxième bougre rire.

— Vas-tu ou non nous dire ce que tu as appris, vieillard ?

Un silence ; il se demanda si l'exilé acquiesçait ou le menaçait.

— Pas ici, finit-il par ordonner. Le *chien* risque de revenir.

— Tu serais soit en fuite soit en route pour le Néant s'il t'avait remarqué.

Faux.

— Peu importe. Si vous désirez discuter, on bouge derrière.

Le sang de Caleb se glaça. Pas moyen de remuer sans

être repéré. Il était pris au piège ! Quoi qu'il tente, les voleurs d'âmes l'apercevraient. Il réfléchit à cent à l'heure. Il n'eut que le temps de se dissimuler derrière la large benne à ordures du restaurant avant qu'ils ne pénètrent dans l'ombre de la ruelle.

— Un endroit moins nauséabond ne m'aurait pas déplu, commenta le nouveau venu.

De là où il se tenait, Caleb parvint enfin à mettre un visage sur les voix des deux arrivants.

Celui qui se plaignait avait l'apparence d'un jeune homme dans la vingtaine. Ses traits étaient durs, marqués par l'amertume. Le haut de son vêtement était déchiré et l'émissaire aurait juré qu'il s'agissait de la trace d'un coutelas – une bagarre avec l'un des siens ?

La femme, elle, était un peu plus âgée. Il lui donnait dans les trente ans. L'impatience se lisait sur son faciès anguleux, de même qu'une certaine méfiance. Jack ne lui inspirait pas confiance. Il pressentit qu'elle le rencontrait pour une unique raison : les informations qu'il avait collectées. Elle le craignait. Un Démon aussi vieux était capable de l'expédier dans le Néant sans effort.

Lors de ses missions, Caleb avait constaté que souvent, les groupes de chasseurs se créaient en fonction de leur ancienneté sur Terre. Une hiérarchie s'était établie de manière tacite. Les bannis les plus expérimentés étaient immanquablement ceux qui passaient en premier quand un être s'apprêtait à traverser.

Comble de l'ironie, la traqueuse portait encore sa tenue de travail. Elle avait ôté la cape pourpre, mais l'ensemble noir n'en était pas moins reconnaissable. L'émissaire la soupçonnait de garder son coutelas dans la poche prévue à cet effet – la Mort ne pouvait pas toujours vérifier que les proscrits n'avaient pas conservé leur arme. Peut-être s'était-il trompé en présumant qu'un des siens avait déchiré l'habit du traître qui l'accompagnait. Elle et lui avaient l'air d'adorer se battre. Une sorte d'entraînement semi-amical ne l'aurait pas étonné outre mesure.

— Que souhaitez-vous savoir ? les interrogea Jack.

Caleb fut soulagé de constater qu'aucun des trois n'avait perçu sa présence. Pour l'heure, il était en sécurité.

Pourvu que ça dure…

— Existe-t-il une façon de faire marche arrière ? le questionna la femme.

— On nous a murmuré que tu connaissais une manière de redevenir vivant, assura son acolyte. On veut que tu nous dises la vérité.

— Vous voulez ?

— On aimerait, corrigea la Démone en fusillant son ami du regard. Nous n'avons collecté que très peu d'âmes au long de l'année et… on se demande si c'est réellement un moyen efficace. Est-ce qu'en absorber nous garantira de réussir un jour à retraverser le Voile en sens inverse, d'être enfin en paix ?

— Non.

Le ton du plus âgé était ferme et sans appel. Il ne cherchait pas à ménager leurs espoirs. Au fond de lui, Caleb admira sa franchise.

— Non, répéta son interlocutrice.

— Si c'était envisageable, crois-tu que je serais ici ? Laisse tomber la course aux âmes, chérie. Elle ne t'apportera rien, hormis la Disparition si tu te frottes au mauvais *chien*.

— Possèdes-tu le renseignement qui nous intéresse ? s'agaça le troisième être. Pour quelqu'un qui jacasse beaucoup, tu ne révèles que dalle.

— La patience autant que la prudence sont des vertus importantes si tu aspires à survivre.

L'homme hocha la tête à contrecœur. Caleb retint son souffle, avide d'apprendre ce que Jack avait à raconter.

Il n'existe pas de solution, Elle l'a affirmé lorsque j'ai accepté d'être son serviteur.

— On vous a bien tuyautés. Je suis au courant d'une telle méthode, il est vrai.

— Pourquoi continues-tu à rôder sur Terre, alors ? se méfia la chasseresse.

Nulle agressivité ne transparaissait dans sa voix. Elle ne manifestait que sa curiosité.

— Parce que je ne suis pas en mesure de vérifier s'il s'agit d'un fait avéré ou non, petite dinde.

— Pourquoi ?

Bonne question.

— Connais-tu l'exilé Samuel ?

La traqueuse secoua la tête.

— L'un des plus anciens, poursuivit Jack. C'est de lui que je tiens l'information que vous désirez.

— Comment sais-tu qu'elle est fiable ?

Autre bonne question, la félicita Caleb. La Démone avait davantage de jugeote que son comparse, qui se contentait d'écouter et n'intervenait qu'en de rares occasions. Un instant, il se demanda si elle l'avait choisi afin d'assurer sa protection, au cas où les événements auraient tourné à la catastrophe… quoiqu'elle semblait plus taillée que lui pour le combat.

— C'est à cause de ce qu'il a appris que la Reine l'a éloigné. Difficile d'en douter, après ça.

— La Reine ? reprit le plus jeune. La reine des salopes, oui !

— Tais-toi, l'invectiva sa compagne.

Caleb n'aurait pas dit mieux.

— Samuel avait un mal fou à apprécier la vie qu'Elle lui proposait, même en revenant ici lors de ses missions. Mais il n'a pas osé franchir le pas. Il n'a ni volé d'âmes ni ne s'est éternisé trop longuement sur Terre. Il aurait peut-être pu finir par s'habituer à sa condition, s'il n'avait pas découvert qu'Elle les bernait.

De quoi parle-t-il ?

L'Envoyé attendait tant la réponse qu'il se forçait à garder les idées claires, sans quoi il aurait bondi hors de sa planque afin d'exiger des explications. S'il y avait une chose qu'il n'arrivait plus à contester avec le temps, c'était la sincérité de la Mort. Il était inconcevable qu'Elle leur cache une telle énormité !

— Elle dissimule un truc, hein ? s'enquit la bannie, aussi impatiente que lui.

Jack opina :

— Et pas des moindres. L'entrée du Voile, ou sa sortie selon le point de vue.

Caleb crut avoir mal entendu. La sortie ? Tout le monde était au courant qu'elle se trouvait à la Frontière, là où les nouveaux habitants se réveillaient. Certes, elle demeurait invisible, mais Elle n'en était pas responsable : elle l'était également sur Terre. Il ne l'avait aperçue à aucun moment en aidant les défunts à traverser.

— La Frontière ?

— La Frontière ou ailleurs, qui sait ? La question à se poser est : as-tu déjà contemplé le Voile ? T'en es-tu approchée ?

— Non, souffla la chasseresse.

— Exact. Elle le camoufle.

— Pour quelle raison ?

Pourquoi le ferait-Elle ? s'interrogea Caleb.

La nervosité le gagnait. Il craignait la réponse du traître. Une boule d'appréhension se forma dans son estomac ; il serait incapable de tolérer qu'Elle lui ait menti sans une très bonne explication.

— Le Voile n'est pas qu'une sortie vers le Royaume. Il agit également comme une entrée là-bas. Le traverser dans l'autre sens te permettrait de récupérer ta vie. Voilà que ce Samuel avait découvert. Voilà ce que la garce tient à nous cacher, que nous soyons Démons, trépassés ou chevaliers. Voilà pourquoi nous sommes condamnés. Notre seule issue se situe pile là où on n'a pas d'accès. Tu as l'information que tu voulais, chérie. Pas la peine de me remercier.

Caleb avisa une expression aussi horrifiée que la sienne sur le visage de la renégate. Ce qu'il venait d'entendre le choquait. Il ne pourrait jamais le croire. Jamais ! Il était impossible que la Mort soit si cruelle. Elle avait vu à quel point accepter sa seconde existence avait été dur pour lui. Elle n'avait cessé de l'encourager à s'y habituer.

Sa théorie est fausse. C'est de la folie pure et simple.

Néanmoins, plus il observait la mine calme et confiante de Jack, plus il doutait : et s'il disait vrai ?

Une fois de plus, Caleb ne parvint pas à s'endormir. Avec des gestes mécaniques, il rabattit ses couvertures au pied de son lit, puis se leva – le son de ses pas réveilla Flocon, revenu à ses côtés quelques jours plus tôt. Sans un bruit, il se dirigea vers son salon, où il se laissa tomber dans un fauteuil avant d'attraper la télécommande. Il choisit ensuite une série à regarder dans l'espoir de réduire ses réflexions, bien trop assourdissantes, au silence.

Voilà des jours qu'il n'avait pas quitté son bungalow. Pourquoi avait-il fallu qu'il surprenne la conversation entre les trois Démons ? Pourquoi n'avait-il pas passé son chemin et oublié ce maudit voleur d'âmes ? Autant de questions qu'il se posait afin d'éviter de s'appesantir sur d'autres, plus importantes.

Ce qu'il avait écouté était-il plausible ? Suffisait-il de retraverser le Voile pour retrouver sa vie ? Si comme il le suspectait malgré lui, tout était véridique, la Mort était-Elle au courant ? Leur cachait-Elle réellement une information si cruciale ? Son être lui hurlait que c'était improbable : Elle ne leur aurait pas fait ça – Ell*e* ne *lui* aurait pas fait ça. Pourtant, au fond de lui subsistait une petite voix qui lui affirmait qu'il ne se trompait pas, qu'Elle le savait et les gardait prisonniers.

Caleb ignorait de quelle façon se comporter. Il

désirait aller La trouver dans son jardin nocturne et lui demander la vérité. Bon sang, il avait besoin d'être sûr ! Cependant, la crainte l'en empêchait. Si ses soupçons étaient fondés, ne serait-il pas exilé à son tour ? C'était un risque qu'il n'était pas prêt à prendre.

Ses considérations lui offraient si peu de répit que lorsqu'on frappa à sa porte, il crut l'avoir imaginé entre deux pensées. Il ne remarqua pas tout de suite que Flocon avait tourné la tête vers le vestibule. Nul ici ne se donnait la peine de lui rendre visite. Les défunts ne s'y aventuraient pas et les Envoyés invoquaient un portail dans son salon quand ils avaient un message à lui transmettre. Seule Diane continuait à se matérialiser devant l'huis ; pour autant, elle ne s'annonçait pas et se contentait d'entrer.

Un second coup et un jappement de son animal finirent par le ramener à la réalité. D'un bond, Caleb se leva et alla ouvrir, plus intrigué que pressé. Quelle ne fut pas sa surprise de découvrir la Mort en personne ! Majestueuse, Elle se tenait droite et sérieuse. Les fumerolles de sa robe s'agitaient ; on aurait volontiers songé qu'ils protestaient, qu'ils rappelaient à leur propriétaire que sa place n'était pas là.

— Bonjour, Caleb.

— Bonjour, répondit-il, ahuri.

Du coin de l'œil, il repéra quatre chevaliers qui regardaient dans sa direction. Sans doute des curieux. Apercevoir la Mort se promener les avait étonnés, un fait tellement rare que Caleb ne se sentait pas l'âme de les blâmer. Lui-même aurait agi ainsi. Il n'avait encore jamais entendu dire qu'Elle s'était déjà déplacée jusqu'au domicile de l'un de ses agents.

— Puis-je entrer ?

Il reprit ses esprits et s'écarta de la porte.

— Bien sûr, excuse-moi.

La tutoyer était dorénavant si naturel que lorsqu'il écoutait ses pairs la vouvoyer, il en était toujours surpris.

— Assieds-toi, je t'en prie.

Une expression douce sur le visage, la Mort s'exécuta. Caleb nota qu'Elle était préoccupée. Ses traits étaient à peine plus tirés que d'habitude, mais ce fut largement suffisant, surtout qu'Elle s'était déplacée hors de la Ruche.

— Est-ce qu'il y a un problème ? lui demanda-t-il au bout de dix ou sept secondes de silence, nerveux.

Elle lui sourit.

— Je suis ici pour te poser la même question. Je cherchais une façon d'amener le sujet. Tu m'ôtes une épine du pied.

Il retint une grimace. Il était couru d'avance que la Mort remarquerait son trouble. Pouvait-il se livrer à Elle ? Il l'ignorait toujours.

— Aimerais-tu me révéler quoi que ce soit, Caleb ?

Les mots en traduisaient d'autres : « je sais qu'il y a quelque chose dont tu ne parles pas ». Plus d'une fois lors de leurs entrevues, Elle lui avait prouvé à quel point Elle était perspicace. Caleb réfléchit à sa réponse. Il ne souhaitait pas trahir sa confiance ; Elle l'avait tant aidé. Il choisit de rester franc.

— Je n'en ai aucune idée.

— Je ne me suis pas fourvoyée. Tu n'es pas dans ton assiette.

Il acquiesça. Sans se départir de sa nervosité, il vint s'asseoir – son canapé paraissait si petit lorsqu'Elle y était !

— Je ne te forcerai pas à t'épancher, j'espère que tu en as conscience, murmura-t-Elle.

Une simple phrase qui le rassura et lui permit de se calmer.

Je ne dois pas douter d'Elle. C'est mon amie, pas le monstre sans cœur décrit par les Démons.

— Mais si tu désires partager ce qui occupe ton esprit, je t'écouterai. Je t'aiderai, si j'y suis apte. Ton isolement est alarmant.

Tout en ayant peur de le faire, Caleb avait envie de se confier, de découvrir enfin la vérité. Incapable de prendre une décision, il plongea ses iris dans les siens et y chercha une indication. Il n'y lut que de l'inquiétude et envoya valser ses incertitudes.

— J'ai été témoin d'une conversation entre plusieurs chasseurs d'âmes.

— Que disaient-ils ?

La posture de la Mort lui montrait à quel point Elle était attentive.

— Deux d'entre eux voulaient obtenir une information du troisième. On… on leur avait assuré – je ne connais pas son identité – qu'un moyen de redevenir vivant existait.

Elle ne cilla pas.

— Selon le traître, poursuivit-il, la gorge serrée, le Voile ne représente pas qu'une sortie, ici. Le retraverser nous « sauverait » de notre éternité… un peu tel un retour en arrière. Mais c'est impossible, exact ?

Son interlocutrice blêmit durant une fraction de seconde.

Non...

— Donc il n'inventait pas.

Caleb l'affirma plus qu'il ne le demanda et pressentit qu'il ne se trompait pas.

— Qui d'autre au Royaume est au courant ? le questionna-t-Elle.

Pour la première fois, sa voix changea en sa présence. Sa froideur l'étonna.

— Je suis le seul. Tu es la première à qui j'en parle. Ai-je eu tort ?

Son anxiété le regagna, mais Elle se radoucit.

— Non. Non et je t'en remercie. Il faut que le secret soit maintenu.

— Alors le traqueur n'a pas menti.

Pris par la nausée, Caleb se leva et se mit à effectuer les cent pas. Il n'arrivait pas à l'accepter. Pas après avoir tiré un trait sur son ancienne vie, sur sa famille, Ève.

Bon sang ! Elle ne peut pas m'avoir dissimulé ça.

— Pourquoi le cacher ? l'interrogea-t-il. Pourquoi garder les âmes ici et les abuser ?

Son ton était trop pressé pour être serein.

— Assieds-toi, le pria la Mort.

— Non !

La colère le submergea. Aurait-il réussi à rentrer chez lui s'il l'avait appris plus tôt ? N'était-il donc pas condamné depuis le départ ?

— S'il te plaît.

Elle ne tolérerait aucun refus. De mauvaise grâce, il s'exécuta.

— Tu ne sais pas tout.

— Je sais que tu m'as berné.

— J'y étais obligée. Tu ne m'aurais pas écoutée, si tu ne l'avais pas ignoré. Nul ne m'aurait écoutée.

Caleb avait conscience que c'était vrai. Il ne revint pas là-dessus.

— As-tu banni un Envoyé à cause de « ton » secret ?

Il n'osait y croire. Il ne lui connaissait pas une telle cruauté. Cependant, Elle hocha la tête.

— J'ai été imprudente.

— Imprudente ? souffla-t-il.

Était-ce là son unique ressenti ?

— J'avais de l'affection envers le chevalier que tu évoques. Dans ma naïveté, je lui ai accordé une trop grande liberté. Quand il a réalisé que le Voile était aussi une entrée de notre côté, il a tout de suite deviné ce que cela signifiait. Il m'a promis de garder le silence, mais il a bafoué ma confiance. Avec un complice, ils ont décidé de braver mon interdiction. Ils ont tenté de retraverser le Voile.

— Et ils ont échoué, compléta Caleb.

— Le traître a échoué. J'ai été trop lente à réagir pour son acolyte.

Il ne voulut pas imaginer les implications de ses propos.

— Il m'était impossible de le tolérer, j'espère que tu le comprends.

Il se retint de la détromper. Il désirait d'abord entendre sa version des faits.

— Je n'avais pas le choix, précisa-t-Elle. Le secret était plus important que le reste. Le traître devait disparaître.

Elle ne tressaillit pas en prononçant ces mots ; à peine eut-Elle l'air perdue dans ses pensées, comme si Elle était contrainte de faire un effort afin de s'en souvenir. Pour ce que Caleb en savait, Elle pouvait également jouer un rôle et masquer ses véritables émotions. Avec la Mort, rien n'était évident.

Il déglutit avec peine. Jusqu'à aujourd'hui, cette facette de son amie lui était demeurée inconnue.

— Je me suis pourtant montrée faible. J'ai été incapable de l'offrir au Néant. Mon attachement m'en a empêché. Hélas, le laisser impuni compromettait l'existence même de notre monde.

— Tu as choisi de l'exiler, capta-t-il.

Elle m'a menti dès le début. Je serais parvenu à rentrer chez moi.

— Une belle erreur. Je lui ai permis de répandre ses idées parmi nos ennemis. S'ils n'ont pas de pouvoir d'action sur Terre, je soupçonnais qu'un jour, la nouvelle atteindrait l'un de mes agents. Je m'estime chanceuse que cela ait pris tant d'années.

Maintenant que je suis au courant, que vas-tu décider à mon sujet ?

Désormais, il représentait une menace, il n'en doutait pas. Caleb se surprit à craindre de voir arriver l'issue de leur conversation.

J'ai besoin de gagner du temps.

— L'émissaire, l'interrogea-t-il, l'individu qui a franchi le Voile ? Est-il… redevenu mortel ?

— Non. Il n'en est pas ressorti, ni d'un côté ni de l'autre. Je n'ai aucun contrôle là-bas. Je n'ai pas la moindre idée de ce qu'il est advenu de lui.

Alors il saisit :

— On ne sait pas si retraverser le Voile nous permet de vivre à nouveau. Ce n'est qu'une théorie.

— Une théorie alarmante. Je refuse qu'elle soit mise en pratique, acquiesça la Mort.

— Pourquoi ?

Autant que ses appréhensions, Caleb contenait sa fureur. Pourquoi agissait-Elle de la sorte ? Pourquoi les abusait-Elle ? Elle n'était pas mesquine au point de leur cacher un élément si important sans une bonne raison !

— N'est-ce pas évident ?

Il ne répondit pas.

— Caleb, qu'y a-t-il derrière le Voile ?

— Je l'ignore.

— C'est pareil pour moi. Dès lors, comment être sûr qu'une âme qui y entre en ressortira indemne ? En ressortira-t-elle seulement ? C'est un danger que je ne veux pas provoquer.

Elle n'avait pas tort, il lui fallait l'admettre, mais sa colère ne diminua pas.

— Ce n'est pas à toi d'en décider. Pourquoi ne serions-nous pas libres de courir le risque ? Moi et tes chevaliers en prenons chaque fois que nous allons sur Terre et rencontrons un Démon, tu le sais. Tu es la Mort et as tout droit sur ton Royaume. Mais un tel choix nous appartient.

Elle se redressa et le fixa. La pièce parut rétrécir autour d'eux.

— Ce n'est pas qu'une question de choix. C'est bien plus compliqué.

— Alors explique-moi !

Notant que son regard vacillait en réponse à sa fureur, Caleb se calma, puis poursuivit :

— Explique-moi, je t'en prie. J'ai besoin de découvrir dans quel but tu m'as leurré. J'ai toujours eu confiance en toi, rends-moi la pareille.

Avec douceur, comme Elle le faisait souvent lorsqu'ils parlaient ensemble, Elle posa une main sur son bras et chercha à l'apaiser par son contact, en vain.

— Je n'ai jamais eu à cœur de vous retenir ou vous entraver, je te le jure.

Bon sang, qu'il désirait la croire !

— Avant qu'une âme ne s'échappe par le Voile, je n'avais pas soupçonné l'existence d'une entrée dans mon monde. Je n'y voyais qu'une sortie.

Il opina, avide de connaître la suite.

— L'âme en question n'a pas réapparu. Si je ne sais pas quel a été son destin, je ne doute pas qu'une « marche arrière » soit possible. À mes yeux, l'entrée est une preuve suffisante.

Caleb agréa à ses propos. Ça l'était pour lui également.

— Mon rôle ici, en plus d'accueillir les morts, est de les empêcher de repartir, peu importe ce qu'il m'en coûte. J'ai dissimulé le Voile pour que nul ne le remarque.

Cette partie de l'histoire aussi est donc vraie...

— Pourquoi ?

J'aurais pu rentrer chez moi.

— Quel est le nombre de défunts qui résident dans les Quartiers ?

La question l'ébranla. Où souhaitait-Elle en venir ?

— Les compter serait une folie tellement il y en a, rétorqua-t-il.

— Si l'hypothèse d'un retour en arrière était révélée, quel pourcentage d'entre eux resterait ? l'interrogea-t-Elle derechef, sérieuse.

— Pas beaucoup. Moins de la moitié si la nouvelle les aide à sortir de leur état actuel.

— Ne comprends-tu pas ?

— Comprendre quoi ?

— Des âmes naissent tous les jours sur Terre. À l'heure actuelle, elle est déjà très peuplée. Qu'adviendrait-il de son avenir si un flot de trépassés surgissait du pays des morts dans l'optique de l'habiter ? Combien de temps faudrait-il avant que ses maigres ressources s'épuisent, pour que l'humanité cause sa propre perte ?

Caleb demeura muet. C'était si évident ! Pourquoi n'y avait-il pas songé ? Bien sûr qu'Elle ne pouvait permettre au moindre être de retraverser. Les conséquences seraient terribles…

Je me suis laissé influencer par les Démons. Je n'ai pas cherché plus loin qu'eux. J'ai été aveugle.

— Saisis-tu, désormais ?

Il acquiesça, hébété par ses découvertes.

Elle ne m'a pas berné. Aucune marche arrière n'est envisageable.

— Je te prie de ne pas me tenir rigueur de ce que je vous ai caché et continuerai à cacher. Je n'ai pas voulu te blesser. Je m'efforce de gérer le Royaume de mon mieux. Certains secrets sont plus lourds que d'autres.

Caleb crut déceler de la peine dans ses prunelles. Il

hocha la tête et retrouva peu à peu contenance.

— C'est moi qui te demande pardon. J'ai douté de toi.

— Je ne suis pas fâchée.

— M'autorises-tu à te demander encore une information ?

— Oui. Je suis d'ailleurs étonnée que tu n'en aies
qu'une seule.

— Que vas-tu faire vu que je suis au courant ?

Dans son regard, il lut qu'Elle craignait la question
autant que lui, qu'Elle aurait souhaité la retarder.

— Quel que soit ton choix, je l'accepterai, ajouta-t-il,
sincère.

*Elle ne cherche qu'à protéger la Terre et son monde,
j'aurais dû le deviner plus tôt. Je représente un danger,
dorénavant.*

— Je n'aimerais pas te causer du tort, murmura-t-
Elle, mais je n'hésiterai pas à adopter les mesures
nécessaires s'il le faut. Puis-je me fier à toi et compter
sur ton silence ?

Caleb perçut à quel point ce choix lui en coûtait. La
dernière fois, un chevalier l'avait trompée. Il n'était pas
certain de mériter sa confiance. Cependant, il sentait
qu'il ne la trahirait pas.

— Je suis ici chez moi. Il n'y a rien qui m'attend sur
Terre.

*

Diane serra les dents, les larmes lui montèrent aux
yeux. Une impression de trahison la consumait. La

fureur et la jalousie la dévoraient. Elle maudit Caleb.

Pourquoi ne suis-je pas restée à l'écart ?

Sa curiosité avait été piquée au vif dès qu'elle avait vu sa Reine sortir du château. Mis à part leurs promenades régulières dans les jardins du palais, Elle ne quittait pas sa demeure.

Diane n'avait pas pu s'empêcher de la suivre. Qu'Elle se rende chez le jeune homme n'avait pas atténué son intérêt, loin de là. Elle n'avait pas réussi à résister à la tentation : elle avait ouvert une déchirure qui l'avait introduite dans le bungalow. Elle n'avait pas un instant douté d'y arriver. Son unique crainte était qu'on la surprenne. Par chance, sa présence était passée inaperçue. Dissimulée dans la cuisine, elle avait eu le loisir d'écouter ce qu'ils racontaient.

Maintenant que leur confrontation était terminée, elle tremblait de rage. Elle-même avait entendu parler d'un moyen de revenir sur Terre, quelques années plus tôt. Contrairement à Caleb, elle en avait tout de suite averti leur régente.

Elle se souvenait de son sentiment à l'époque : elle aurait été prête à n'importe quoi pour protéger son secret corps et âme si Elle lui avait dit que celui-ci était vrai. Elle se souvenait aussi de la petite déception qu'elle avait ressentie lorsqu'elle avait appris que ce n'était qu'une rumeur.

Et aujourd'hui… aujourd'hui, elle découvrait qu'Elle lui avait menti. La Mort n'avait pas eu foi en elle et avait préféré lui taire la vérité, alors qu'à Caleb, à un abruti qui ne rêvait que de rentrer chez lui, Elle avait tout révélé. Diane n'était pas en mesure de décrire son dégoût et sa peine. Ses réflexions étaient des lames plus aiguisées les unes que les autres. Leur tourbillon lui créait autant de blessures qu'il en ravivait des anciennes.

En retraversant son portail, elle se rendit compte à quel point elle haïssait l'émissaire. Il lui avait dérobé la seule chose qu'elle pensait posséder à tort : la confiance de leur souveraine.

XIII
Le Voile

Assise sur l'herbe à la Frontière, Ève observait Caleb inspecter les environs. Perdue, l'expression hagarde, elle ne parvenait pas à réduire son intuition au silence : quelque chose clochait. Son être lui hurlait d'interpeller son ami pour qu'il laisse tomber ses recherches. Cependant, elle soupçonnait que cette envie n'était en rien naturelle. Une douce torpeur, un petit rien lui embrumait l'esprit.

Elle était obligée de lutter pour ne pas oublier les paroles de l'Envoyé. Elle pressentait qu'il ne mentait pas, tant sur l'histoire de bonheur artificiel que sur le Voile et son potentiel retour en arrière. Mais tandis qu'elle aurait dû l'aider à trouver la mystérieuse entrée, elle restait là, figée.

Je n'ai pas à bouger d'ici. J'appartiens au lieu. Cette pensée la hantait constamment. Elle s'insinuait en elle, pernicieuse, lancinante. *C'est un effet du Voile,* se répéta-t-elle. *Il ne faut pas que j'y prenne garde, sinon je serai perdue.*

Flanqué de son chien, Caleb s'agitait. Dénicher l'entrée du Voile et la ramener sur Terre était une affaire personnelle à ses yeux. Ève ne se rappelait pas l'avoir vu si sérieux de leur vivant – encore un élément qui la poussait à ne pas céder à ses instincts.

Dès qu'elle posait le regard sur lui, elle constatait à quel point il avait changé en deux ans. Dorénavant, nul besoin pour lui de porter des vêtements amples afin de masquer sa maigreur – ses os de poulet, comme il les appelait dans le but de se moquer. Une fine musculature avait modelé sa corpulence. Le jeune homme n'avait plus rien d'un gringalet.

Je crois que je le préférais plus mince, réalisa-t-elle soudain. Sans doute parce qu'elle n'avait pas eu le temps de s'habituer à la transformation. Ou à cause de ce que ça modifiait chez lui. Si Caleb avait toujours montré une certaine assurance, il lui était impossible de nier que, combinée à son apparence actuelle, elle lui ôtait la douceur que son corps exprimait naguère. Elle n'avait pas disparu, loin de là. Seulement…

Au fond de son esprit, dissimulée derrière ses réflexions nébuleuses, une alarme tinta. Durant une dizaine de secondes, Ève fut sûre de s'être déjà penchée sur la question. La nouvelle allure de Caleb l'avait choquée à un moment, c'était une conviction ! Puis tout s'évapora. Il ne subsista en elle qu'une amère sensation d'omission.

Je ne peux pas rester. Pas en sachant que je suis condamnée à fouiller en vain ma mémoire.

La révélation lui fit l'effet d'une douche froide. Malgré son envie de paix, elle ne réussirait pas à se sentir bien : tôt ou tard, les secrets que Caleb lui avait confiés reviendraient la hanter. Elle réaliserait qu'elle oubliait, serait torturée par son incapacité à se souvenir. Maintenant qu'il lui avait appris que le Voile agissait sur elle, l'impression de plénitude qu'elle éprouverait dans le Royaume lui paraîtrait factice. Le bonheur artificiel dont il lui avait parlé lui serait interdit.

Je n'ai pas le choix. Je dois localiser l'entrée et rentrer chez moi.

L'évocation de sa maison lui rappela sa mère. Ève s'horrifia de ne pas avoir songé à elle plus tôt. Était-elle au courant de sa… mort ? Elle ne souhaita pas l'envisager.

Mue par une détermination opportune, elle se leva et rejoignit l'Envoyé.

— Du neuf ? demanda-t-elle.

— Rien. Le Voile a été caché avec soin. Même Flocon ne semble pas apte à le repérer.

Plus que son agacement, ce fut sa nervosité qu'elle décela tandis qu'elle jetait un coup d'œil en direction du canidé.

— Un élément te tracasse ?

— Je suis simplement frustré, la rassura-t-il. Comment te sens-tu ?

— Ça va, mentit-elle. Donc ?

— Donc quoi ?

— Qu'est-ce qui te travaille à ce point ?

D'abord surpris, Caleb finit par la gratifier d'un sourire amusé, qu'elle lui retourna. Son expression était communicative.

— Il est agréable de constater que le Voile n'a pas tout changé : tu es aussi têtue qu'avant !

— Il faut l'être avec toi.

— C'est vrai, opina-t-il.

Un deuxième sourire rehaussa ses lèvres, si confiant qu'Ève ne douta pas un instant qu'il se pensait tiré d'affaire.

— Caleb Ricard, allez-vous me dire ce qui vous préoccupe ? ordonna-t-elle.

Seul un rire franc lui répondit, et lorsque son ami se calma, il la dévisagea d'une façon qu'elle ne parvint pas à définir. *Il ne m'a encore jamais observée ainsi.* Ses yeux camouflaient mal leur tristesse et elle en fut chamboulée.

— Qu'y a-t-il ?

— Une broutille, affirma-t-il.

Elle le devina sincère.

— Ne plus t'entendre m'appeler par mon nom et mon prénom m'avait manqué.

Ève ne trouva rien à répliquer. Alors, elle attendit qu'il se livre enfin. Elle était certaine qu'il s'y emploierait. Il la connaissait assez pour soupçonner qu'elle ne renoncerait pas.

— En temps normal, ça ferait un bail que nous ne serions plus ici, lui expliqua-t-il sans la regarder.

Il avança ; elle le suivit. Caleb s'occupait toujours à une tâche quelconque lorsqu'un sujet le gênait. Il allait sans doute continuer à chercher la trace du Voile en lui parlant.

Elle ne se trompait pas. Une poignée de secondes plus tard, il enchaîna :

— Le palais derrière nous est surnommé la Ruche. La Mort y vit. C'est de là qu'Elle gère le Royaume. D'habitude, dès que j'aide une âme à traverser, je la rejoins, puis je la conduis auprès d'Elle à son réveil. La salle d'audience regorge d'émissaires et de futurs habitants en attente.

— Je suppose qu'il n'est pas normal qu'une âme mette tant de temps à s'y rendre…

Il craint que mon absence là-bas soit constatée.

— Exact. Je n'ai pas le souvenir d'être un jour arrivé « en retard » dans la salle d'audience, donc j'ignore quelle est la durée qu'Elle considère comme acceptable pour qu'un défunt s'éveille. En revanche, je suis certain que lorsque le délai sera dépassé, Elle missionnera un chevalier.

— Plus vite nous dénicherons le Voile et mieux ce sera.

Caleb acquiesça.

— Surtout que la Mort n'est pas notre unique problème.

Ève se crispa, mais l'encouragea à poursuivre.

— Si un Envoyé vient et nous surprend à faire ce qu'on ne doit pas, il nous dénoncera sur-le-champ.

— Aucun d'entre eux ne t'accorderait une chance ?

— Si. Manque de pot, il a gagné le Néant.

Le Néant…

Ève goûta le mot sans le comprendre, énième élément inconnu pour elle dont le nom ne lui inspirait pas confiance.

Ignorant ce qu'elle cherchait exactement, elle arpenta les environs à son tour. S'il y avait la moindre trace d'une échappatoire, il fallait la découvrir ! Se fiant au flair de Flocon, elle marcha dans sa direction. Quoi de plus approprié qu'une créature de la Mort afin de repérer l'entrée qu'Elle désirait cacher ?

Soudain, un nouveau signal la paralysa sur place. Durant une fraction de seconde, elle fut de retour chez elle, à descendre l'escalier sur la pointe des pieds. Un grognement jaillit du vide. La peur s'empara d'elle, puis tout fut fini. Elle retrouva l'instant présent.

Ce n'est pas la première fois que je suis en compagnie de ce chien : il était chez moi avec Caleb.

La révélation la laissa coite. Elle sursauta lorsque le museau de l'animal se pressa contre sa cuisse. Ève le caressa, puis s'empressa de balayer ses réflexions : elle devait reprendre ses recherches. Hélas, elle eut beau scruter chaque recoin du lieu, elle ne remarqua pas une trace du Voile.

Si j'avais été consciente lorsque j'en suis sortie, j'aurais pu me rappeler et ça aurait été plus simple !

Toute brume disparut de son esprit à cette pensée. Elle réalisa une chose à laquelle ni son ami ni elle n'avaient prêté attention jusque-là.

— Caleb !

Il pivota vers elle avec la force du désespoir. D'abord tirés par l'inquiétude, ses traits se détendirent lorsqu'il constata qu'ils étaient toujours seuls.

— Oui ?

— Tu m'as bien dit que toi aussi, tu t'étais réveillé ici à ton décès ?

Il confirma d'un bref mouvement de tête.

— C'est le cas pour chaque mort ?

— Oui.

— Et si la Frontière n'était qu'un leurre ?

Il écarquilla les yeux.

— Que… quoi ?

— Tout le monde s'éveille là. Mais est-ce le point où le Voile dépose les âmes ? Il est possible qu'elles y aient été amenées pendant qu'elles étaient inconscientes, non ?

— En effet…

L'admiration dans le regard du jeune homme ne lui échappa pas. Cependant, l'heure n'était pas à la fierté.

— Si c'était moi qui m'étais occupée de cacher le Voile, c'est ainsi que j'aurais agi. J'affirmerais qu'il se situe à un endroit et l'aurais dissimulé ailleurs.

— Les Spectres ! s'écria Caleb.

Ève fut si décontenancée par ses propos qu'elle resta plusieurs secondes muette.

— Les quoi ?

— Les Spectres. Les gardes du corps de la Mort, en quelque sorte. Ils protègent les portes de son palais. Ils sont assez flippants et dangereux ; même un agent aguerri n'est pas de taille face à eux. Elle les a créés afin d'assurer la sécurité de son monde et d'éliminer ceux qu'Elle soupçonne de vouloir rejoindre les rangs des Démons. Du moins, Elle le prétend. Je ne remettais pas ses paroles en cause, mais… maintenant que tu en parles, je ne vois qu'eux pour transporter les trépassés jusqu'ici. Ils sont rapides, silencieux, discrets, et la plupart des habitants préfèrent baisser la tête lorsqu'ils en aperçoivent un. Souvent, ils sont impossibles à repérer s'ils ne désirent pas l'être. On raconte – en grande partie dans le but d'effrayer les Envoyés novices – qu'en dévisager un attire son courroux et te condamne à la Disparition.

— Ces créatures ont l'air d'être horribles.

— Elles le sont. En général, on évite de les approcher de trop près.

Ève opina.

— Si les morts « n'apparaissent » pas tout de suite ici, reprit-elle, où se cache la véritable Frontière d'après toi ?

Caleb fronça les sourcils, puis son visage s'illumina.

— Probablement au seul endroit qu'Elle ne quitte jamais : la Ruche.

*

Diane soupira. Il y avait un problème, elle le sentait. L'anxiété la tenaillait. L'attitude des parasites ne pouvait la tromper. L'âme de la fille était passée de l'autre côté. Pourtant, force lui était de constater que son cadavre ne se trouvait pas dans la maison.

En colère contre cet abruti de Caleb et parce que son plan était tombé à l'eau, elle s'y était précipitée dès qu'elle avait noté qu'il ouvrait un portail de retour vers le Royaume – il fallait qu'elle vérifie. Ne pas dénicher de dépouille avait ravivé ses espoirs : l'émissaire avait-il commis l'erreur qu'elle attendait ? Avait-elle encore ses chances ?

Elle avait imaginé moult scénarios sans réussir à deviner la vérité. Elle n'était sûre que d'une chose : il y avait anguille sous roche. Hormis Caleb et l'un des criminels, elle n'avait vu personne sortir de la demeure, elle en était certaine. Si l'étudiante avait été sauvée, il était exclu qu'elle se soit volatilisée. Tout comme ses assaillants, d'ailleurs.

Où est son corps ? Où sont allés les deux affreux restants ?

Caleb était responsable, c'était évident. Voilà qui expliquait la durée – bien trop longue – qu'il avait passée à l'intérieur.

Diane pesta. Si seulement elle était capable de revenir en arrière ! Si seulement elle parvenait à assister à la mort de la victime sans avoir à combattre les Démons ! Elle avait gaspillé un temps précieux à fouiller les recoins du lieu ; un temps perdu en vain, elle n'avait aucun moyen de savoir ce qu'il s'était produit. Elle ne maîtrisait pas la situation.

Je n'ai qu'une option pour comprendre. Je dois localiser Caleb.

Elle réinspecta les pièces du rez-de-chaussée, puis siffla son familier. Dans sa hâte de vérifier si son plan avait ou non échoué, elle avait oublié sa prudence et autorisé l'animal à vagabonder à l'extérieur. C'était une aubaine qu'il ne soit pas rentré sans elle ! Depuis plusieurs années, il n'attendait pas d'être congédié. Il pressentait quand partir.

Diane sortit sur le seuil. En quelques secondes, il fut près d'elle et s'assit à son pied. Elle ouvrit un portail, puis s'y engouffra et réapparut sur le côté est du château. Sans qu'elle ait l'occasion de dire un mot, le chien spectral jaillit à son tour de la déchirure et la laissa seule : elle n'avait plus besoin de lui.

Tenaillée par une angoisse sourde, elle se contint afin de ne pas courir à la Frontière constater la présence de cette fille. La peur d'avoir fait une bêtise grandissait en elle ; à chaque pas, elle s'accentuait davantage.

Et si Caleb avait commis une erreur plus grave que de la sauver ? Et s'il avait compromis la sécurité de notre monde tout entier ?

Sa haine l'avait aveuglée, elle avait été sotte ! Si la situation était critique et que sa Reine le découvrait… Elle refusa d'y songer.

Diane misa derechef sur la prudence. Pour approcher la Frontière, elle choisit de prendre un chemin détourné et de rester dans l'ombre des arbres qui le bordaient. Nul ne pourrait soupçonner qu'elle était là et rien ne se soustrairait à sa vue.

Par les Spectres, pourvu que Caleb et sa « mission » y soient…

Si un humain condamné à mourir demeurait vivant à cause de l'un des chevaliers, hormis pour l'Envoyé en question, les risques encourus n'étaient pas grands, voire inexistants, car le Destin finissait par rattraper « l'erreur ». Mais si un nouvel arrivant disparaissait dans la nature, c'était une autre histoire.

Impossible, il n'a pas caché la fille, se rassura-t-elle. *Mon plan n'a pas été aussi catastrophique.*

Elle était prête à être sanctionnée pour avoir donné le dossier de la jeune femme à son rival. Elle avait joué et elle avait perdu, nul besoin d'user de mauvaise foi. Cependant, elle n'accepterait jamais d'être accusée de trahison si les événements se déroulaient mal.

L'absence de corps ne signifie rien. L'âme a traversé, les parasites l'ont senti. Elle est à la Frontière. Elle y est forcément !

Sur place, ses espoirs s'envolèrent. L'étudiante ne s'y trouvait pas. Diane eut beau fouiller les alentours du regard à plusieurs reprises, il lui fallut se rendre à l'évidence. Elle n'y était pas, tout comme Caleb.

Non ! Non, c'est inconcevable !

La panique lui serra la gorge.

Diane ne réfléchit pas : elle fonça aux portes de la Ruche. Elle n'accorda pas d'intérêt aux deux protecteurs qui les gardaient. Elle pénétra dans le palais, puis se précipita vers la salle d'audience sans se soucier des coups d'œil que sa course folle lui apportait. Ce ne fut qu'une fois en face de l'entrée de l'immense pièce qu'elle se figea, recouvrant peu à peu ses esprits. Elle devait reprendre contenance avant d'y aller. *Si Elle me surprend dans un tel état, j'attirerai sur moi tous ses soupçons.* Tant que sa souveraine ne suspectait pas ce qui se passait, rien n'était perdu. Seule sa conviction lui permettait de conserver une certaine lucidité et de chasser ses craintes.

Inspirer. Expirer. Répéter.

Son visage retrouva sa froideur et son sérieux habituels ; ses muscles se relâchèrent. La tension la quitta en apparence. Diane redressa le buste, puis entra. Son attention se porta d'emblée sur la Mort. Debout devant son trône, Elle parlait à un homme âgé. Si un pli d'inquiétude lui ridait le front, Elle ne semblait pas affolée pour autant. Soit Elle pensait à Ryan, soit un signal d'alarme ne tarderait plus à se déclencher en Elle.

Diane balaya la file de défunts sans obtenir de résultat.

— Par les Spectres…, jura-t-elle à voix basse.

Caleb, espèce d'abruti, qu'es-tu en train de faire ?

Sans oublier que tout était de sa faute, elle reportait le blâme sur lui. Son collègue était sur le point de commettre une terrible erreur, son être le lui hurlait – son instinct se trompait rarement. *Dire que c'est moi qui l'ai mis sur cette voie. Je ne suis qu'une idiote !* La nausée la saisit à la simple idée qu'elle ne valait toujours pas mieux que Claire, malgré ce qu'elle avait cru.

Elle quitta la salle d'audience sans que quiconque constate son mal-être. *Je dois les repérer. Lui comme elle.* Sa Reine ignorait le problème : elle avait encore une chance de s'en sortir. Il était impératif qu'elle garde la foi ! Par où commencer ?

Il était exclu que Caleb soit chez lui. Il n'était pas bête au point de songer que personne n'irait le dénicher là-bas lorsqu'on aurait avisé que l'âme de sa dernière mission manquait à l'appel. S'il ne souhaitait pas être appréhendé, la logique voulait qu'il ait choisi un lieu aléatoire, un Quartier au hasard sans le moindre lien avec sa vie de naguère. Mais Diane se doutait que son but n'était pas de se cacher. Un pressentiment lui affirmait qu'il cherchait un moyen de se rendre sur Terre.

Si les trépassés pouvaient entrer et sortir des portails menant d'un coin à un autre du Royaume, l'accès à leur ancien monde leur était refusé, question de sécurité. Il s'échinait forcément à contourner l'interdit, et elle ne voyait qu'un seul endroit où trouver des réponses : les bibliothèques.

Ses yeux dérivèrent sur le hall principal. Tant d'émissaires et de morts s'y côtoyaient que les deux fugitifs arriveraient à passer inaperçus s'ils se comportaient à l'instar de tous. Néanmoins, Elle eut beau se montrer attentive, elle ne les localisa pas.

Je n'aurais pas dû traîner sur Terre. J'aurais été plus sensée de revenir ici dès que l'âme de la fille a traversé. D'attendre son réveil et d'aviser ce qui se produirait ensuite.

Diane contrôla ses mouvements afin de paraître aussi sereine qu'à l'accoutumée et franchit le hall. Dès qu'elle fut à l'abri des regards, elle accéléra la cadence et arpenta chaque couloir. Il lui fallait capturer Caleb !

Le palais qui l'avait si souvent accueillie avec chaleur lui apparut soudain trop grand et trop sombre. Les possibilités de s'y dissimuler étaient infinies. Elle eut l'impression d'y courir pendant des heures, ouvrant porte après porte, fouillant recoin après recoin. Plus les minutes s'écoulaient, plus elle était parcourue de sueurs froides. Qu'avait-elle fait en attribuant le dossier à son rival ?

Elle fut bientôt obligée d'admettre la triste réalité : lui et sa complice n'étaient dans aucune des bibliothèques qu'elle avait inspectées.

Ils sont forcément quelque part ! Ils n'ont pas pu se volatiliser ni aller sur...

La révélation fut foudroyante, violente tel un coup de fouet.

Le Voile. Ils essaient d'en localiser l'entrée !

Elle était si angoissée à l'idée de ne pas les retrouver qu'elle avait suivi sa première intuition, sans imaginer qu'ils étaient partis à la recherche du Voile. C'était pourtant si évident ! Caleb connaissait cette porte de sortie, la Mort ne l'avait pas démenti.

Je ne suis qu'une idiote !

Des mois durant, Diane s'était efforcée d'oublier leur conversation, de balayer sa peine face à la trahison qu'elle avait ressentie. Elle avait été assez stupide pour renier également la vérité !

Le Voile permet un retour en arrière. Je ne m'étais pas trompée : Caleb espérait sauver son amie. Il a échoué et tente un dernier recours !

Enfin, tout s'éclairait. Voilà pourquoi le temps lui avait paru long sur Terre. *Il a effacé les preuves.* Les ruminations de Diane ne lui offraient aucun répit. Désormais, il ne lui suffisait plus de calquer ses réflexions sur les siennes. Elle était contrainte de se mettre à la place de sa Reine afin de localiser le Voile.

L'Envoyée avait beaucoup cogité le jour où elle avait entendu cette terrible discussion. Il n'en était ressorti qu'une certitude : le Voile ne se situait pas à la Frontière. C'était un risque trop grand, Elle ne l'aurait pas pris. Caleb s'en était sans doute rendu compte. Il devait estimer que le palais était le seul emplacement où Elle aurait pensé à le dissimuler. La Ruche était le cœur de son monde. *Son* cœur.

Ils sont ici, je le sens. Lui et la fille fouillent le château.

Diane avait déjà inspecté tant de pièces. Même les quartiers de Ryan n'avaient pas échappé à sa vigilance ! Toutefois, elle n'avait pas osé s'aventurer dans ceux de la Mort, convaincue qu'Elle le saurait.

L'envie la tenailla. Un Spectre en gardait les portes jour et nuit. Nul à part Elle n'était autorisé à y entrer.

C'était l'endroit idéal pour y enterrer un secret. Évident certes, mais parfait.

Ont-ils réussi à y pénétrer ?

Le calme qui régnait dans le château tendait à lui prouver le contraire. Mieux valait cependant se montrer prudente et vérifier.

D'un pas pressé, elle fila vers les appartements de la régente. S'ils s'y rendaient, elle pouvait encore les intercepter en chemin. *Tout va rentrer dans l'ordre,* se rassura-t-elle.

Diane se figea néanmoins à mi-chemin, paralysée par une nouvelle révélation.

Le jardin nocturne...

Il était censé n'être connu que de la Mort. Hormis Caleb et elle, Elle n'en avait parlé à personne. De plus, ne lui avait-Elle pas un jour confié que le lieu l'apaisait ? Était-ce parce qu'Elle était en mesure de surveiller ce qu'Elle y dissimulait ? Veiller sur ce qu'Elle y avait mis ?

C'est là-bas qu'ils sont. Là-bas que le Voile est caché.

Diane ne sut ni d'où jaillissait une conviction pareille ni si elle était la cause de son intuition, mais elle changea de direction et s'empressa de rejoindre le bon étage. Elle monta les escaliers deux par deux, puis fonça dans les couloirs. *Je dois y être à temps !* Un frisson d'excitation la parcourut, vite remplacé par la terreur. Que se passerait-il vis-à-vis du Royaume si Caleb repérait le Voile ? Elle ne s'arrêta pas une fois dans sa course, pas même quand elle atteignit l'immense porte en bois.

Laisse-moi entrer, implora-t-elle, *laisse-moi entrer !*

Elle réussit à traverser. Dès qu'elle fut à l'intérieur, Diane comprit que ses craintes étaient fondées. Le jardin nocturne était occupé. Un point de lumière filtrait au lointain. Elle en devina aisément la provenance : un portail activé. Un grand, un gigantesque et imposant portail, pour ce qu'elle en jugeait.

Le Voile ! Ils l'ont localisé et ouvert !

L'hébétude la gagna. Dire qu'il avait toujours été là ! Par quel miracle ne l'avait-elle pas remarqué lors de ses venues ? À bien y réfléchir, elle ne s'était pas donné la peine d'explorer l'endroit. Elle se contentait de prendre place et de s'imprégner de son atmosphère. Elle maudit sa naïveté. Si elle s'était montrée un brin plus attentive, elle aurait saisi qu'un tel comportement n'avait rien de normal. Une force lui avait interdit d'aller plus loin et de découvrir la vérité !

Trêve de rêvasseries. Active-toi, ma vieille !

Elle courut vers la lueur, affolée.

Je dois les empêcher de traverser. Il le faut !

Tout se joua à quelques secondes.

Diane atteignit le fond du jardin. Hélas, elle n'y croisa pas la fille, cette âme en fuite par sa faute. Elle n'eut que le temps d'apercevoir son rival s'engouffrer dans une déchirure haute comme trois hommes. Si elle avait été plus rapide, peut-être serait-elle parvenue à l'attraper de son bras tendu avant qu'il ne soit trop tard.

Elle avait échoué. Rien ne s'était déroulé de la façon dont elle l'avait espéré.

— Non… Non !

Ses jambes menacèrent de céder. La jeune femme s'appuya contre un arbre et tenta de maîtriser sa respiration – aussi bien sa course folle que son échec l'avaient rendue pénible. La nausée lui remua l'estomac.

Qu'ai-je fait ? Cela devait être un cauchemar. Un horrible cauchemar ! *Sont-ils déjà sur Terre ?*

Elle releva la tête et s'obligea à fixer la déchirure qui se tenait face à elle. Elle n'en avait jamais observé de cette sorte ! Si sa taille forçait le respect, le gouffre qu'elle y entrevoyait la figea. Le Voile était loin d'être un portail ordinaire. Son cœur semblait si profond, si sombre et terrifiant que le seul mot qui lui apparut fut « néant ».

Diane ne réussit pas à en détacher ses yeux. Elle s'y perdit corps et âme. Durant une fraction de seconde, elle eut de l'estime pour Caleb : elle n'aurait pas eu le courage d'y sauter si elle s'était trouvée à sa place.

Malgré elle, l'Envoyée s'en approcha. Elle ne le souhaitait pas, toutefois elle ne put pas y couper. Il l'attirait. Un bourdonnement sourd envahit ses pensées ; lancinant, laconique, il s'insinuait dans chaque parcelle de son être.

Claire. Claire la vivante. Claire de retour sur Terre. Claire prouvant à tous ces êtres misérables qu'elle n'était pas qu'un défouloir. Claire leur montrant qu'elle était apte à s'en sortir seule. Autant d'images que le Voile lui imposait.

Comme inconsciente, elle ne vit pas sa paume ouverte avancer vers la déchirure. Elle ne sentit pas ses jambes la porter. La vie l'appelait à elle, belle et aimante. Elle lui tendait les bras. Un pas de plus et elle la rejoindrait.

Une main se posa sur son épaule d'un geste vif et précipité. La magie cessa, Diane recouvra ses esprits. La brume qui l'aveuglait se dissipa avec une telle rapidité que sa vision se brouilla. Quand enfin elle pivota, ce fut pour tomber nez à nez avec sa Reine, dont l'angoisse crispait le visage. Aujourd'hui, lire sur ses traits était aisé. La Mort n'était pas qu'inquiète, Elle était désemparée. Les larmes n'étaient pas loin de couler. Ses bras tremblaient. Les fumerolles de sa robe s'agitaient nerveusement autour d'Elle et traduisaient son anxiété.

Qu'ai-je fait ? se répéta Diane.

Elle attendit que sa fureur se déverse sur elle. Cependant, elle n'en décela pas dans ses iris, à aucun instant. Pour la première fois, Elle lui apparut telle une enfant. Une fillette effrayée qu'elle n'était pas apte à consoler. Elle en resta sans voix.

— Ils sont passés, souffla-t-Elle. Ils sont entrés là-dedans, n'est-ce pas ?

— O-oui.

La Mort savait, Elle avait tout deviné dès que le Voile avait été franchi.

— Comment Caleb a-t-il appris pour son amie ? Comment ?!

Diane redressa le menton, puis desserra les dents, prête à avouer ses crimes, à subir les conséquences de ses actes. Pourtant, dès qu'elle croisa son regard, ce fut une odieuse fable qui sortit de sa bouche :

— Il est venu dans le bureau de Ryan. Caleb était là le jour où je répartissais les dossiers. Il… il désirait une nouvelle mission. Je lui ai dit que je lui en apporterai une dès que possible, mais la fiche de la fille était sur la table. Je ne m'en suis pas rendu compte. Et puis… je… je…

— Tu as essayé de rectifier le tir.

Non !

— Oui.

Le mensonge lui écorcha la gorge. Il lui brûla les lèvres, résonna dans sa tête longtemps après avoir été prononcé.

Je ne mérite pas sa confiance. Je l'ai trahie et j'ai trahi mon monde. J'ai trahi Caleb et l'étudiante.

La Mort se tourna vers le Voile, pleine d'appréhensions.

— Que… que va-t-il se passer, maintenant ? osa lui demander Diane. Est-ce qu'ils sont…

— Non. Ils ne sont plus ici, et pas encore sur Terre. Quant à ce qu'il va se passer… rien de bon, je le crains. Eux vivants, tout le Royaume est menacé. S'ils parlent, si quiconque apprend la terrible vérité…

L'Envoyée se mordit la joue, gagnée par la panique qu'elle percevait dans sa voix.

Par les Spectres, qu'ai-je fait ?

La culpabilité la rongeait. Manigances et tromperies, voilà de quoi elle était constituée.

— Ils ne doivent pas réussir, Diane ! Il faut les en empêcher.

Elle acquiesça.

— De quelle façon ?

— Ramène-les ! Aide Caleb à entendre raison. Il est informé du danger. Il t'écoutera. Je ne suis pas autorisée à partir. Dis-lui que je l'implore de revenir !

— Ma Reine, je…

— Je t'en prie ! Ramène-les avant qu'il ne soit trop tard…

Diane demeura muette. La supplication de la Mort

trouvait écho dans son âme.

C'est de ma faute s'ils ont traversé. À moi de les rapatrier. Il est impératif que je répare ce qui peut l'être.

Elle opina et serra les poings. Puis elle fit face au Voile, oublia son appréhension et se concentra sur sa détermination.

Raide, les yeux fermés, Diane plongea dans l'inconnu.

À SUIVRE...

Envie de retrouver Caleb, Ève et Diane ?
Découvrez les deux premiers chapitres du tome
2 d'Au-delà du Voile :

La Traversée

I

La forêt endormie

La douleur s'en allait enfin ; les frissons qui la parcouraient telles des décharges électriques se dissipaient. Elle fut bientôt capable de ressentir son corps et d'en bouger les extrémités.

Avec peine, Diane ouvrit les yeux sur un monde flou. Il lui semblait que son être venait d'être déchiré en deux. Aucun portail ne l'avait encore laissée si pantelante. Le Voile n'en était pas un ! Rien ne lui était comparable. Le traverser dans ce sens était une aberration, une chose qui n'aurait pas dû arriver. Il l'avait enlevée à l'univers où elle vivait libre depuis tant d'années.

Tout ça parce que je n'ai pas été fichue d'évincer Caleb sans faire de dégâts. Parce que lui et la fille ont été assez arrogants pour imaginer qu'ils pouvaient remettre en cause l'existence de la Mort.

L'Envoyée soupira. La tâche qui l'attendait ne serait pas une sinécure…

Sa vision devint plus nette. D'un bleu uniforme, le ciel s'étirait à perte de vue. Non content de la contraindre à plisser les paupières, le soleil lui brûlait le visage. Sous elle, la terre était chaude, poussiéreuse.

Elle se releva. Ses jambes, si fragiles, tremblèrent et s'entrechoquèrent à de nombreuses reprises. Elle parvint pourtant à trouver son équilibre et à le conserver. Durant quelques secondes, Diane ne bougea plus, tenaillée par la souffrance que l'effort avait occasionnée, puis elle tenta un premier pas.

La nausée la saisit, aussi violente que soudaine. Des vertiges l'accaparèrent, le paysage tangua autour d'elle. Elle n'eut que le temps de se pencher. La bile remonta le long de son œsophage et se répandit à ses pieds. Grimaçant autant de faiblesse que de dégoût, elle prit conscience de la nature du sol. Plus que de la simple terre, il s'agissait d'un chemin.

Diane s'arracha à son mal et se força à se redresser. Elle se remettrait des conséquences de son saut dans le Voile, il le fallait. Elle avait commis une erreur et elle était décidée à la réparer, quoi qu'il lui en coûte.

Rien ne m'arrêtera. Pas cette fois.

Elle inspira profondément à plusieurs reprises, et sa nausée s'envola. Elle se maîtrisait à nouveau et se réappropriait son corps.

Diane porta son regard devant elle. Des herbes hautes d'un vert tendre s'étiraient de chaque côté du sentier – il était presque inconcevable que celui-ci ait été épargné par la végétation. Au loin, là où il conduisait, elle devinait les contours d'un bois ou d'une forêt.

Où suis-je ?

Elle pivota et s'interdit de penser à son mal. Derrière elle, la route serpentait sur une étendue infinie. La jeune femme eut beau scruter l'horizon, elle n'aperçut que de la verdure. Il n'y avait rien, personne. Nulle piste ou trace des fugitifs ne s'offrit à elle. Pire, elle ne remarqua pas le moindre signe du portail qu'elle avait traversé.

Où est-il ?

La question s'insinua en elle et surpassa son devoir. Si le passage avait disparu, de quelle façon rentrerait-elle au Royaume ? Une angoisse sourde l'étreignit. Et si elle n'était plus en mesure de faire marche arrière ? Était-il possible qu'elle ait tout perdu, de ses chances d'être Seconde jusqu'à son foyer ? Elle refusait d'y croire. L'idée d'être coincée ici, dans un lieu qu'elle ne connaissait pas, la paralysa. Il était impératif qu'elle s'en aille du Voile. Vite !

Diane s'affola. À la recherche d'une échappatoire, elle observa ce qui l'entourait. La peur lui obstruait la gorge.

Je ne resterai pas. La Ruche est ma maison !

Était-elle seule ? Le demeurerait-elle ? Risquait-elle une mauvaise rencontre ? Elle n'avait même pas son chien spectral pour la protéger !

Pourquoi ne l'ai-je pas appelé ? Sa place est auprès de moi lors de mes missions.

Elle s'était montrée trop imprudente et pressée.

Son cœur tambourinait si fort dans sa cage thoracique ! Diane aurait juré qu'il cherchait à s'en extraire ; le bruit de ses battements résonnait jusque dans sa tête, lancinant et inquiétant. Le souffle vint à lui manquer.

Calme. Du calme.

Elle s'obligea à vider son esprit. C'était le meilleur moyen d'y voir clair. Elle devait chasser ses angoisses, sans quoi elle était fichue. Il lui fallait se rappeler la raison de sa présence ici et ne se concentrer que sur elle. Le problème du retour se poserait plus tard. Il ne pouvait pas l'entraver dans son devoir.

Diane inspira et expira avec lenteur.

Je suis là car ma Reine me l'a demandé. Je suis là afin de réparer le fruit de mon erreur, parce que j'ai une catastrophe à empêcher. Je suis là à cause de Caleb.

Elle se répéta ces phrases tel un mantra. Le tambourinement dans sa poitrine s'apaisa. Son esprit recouvra sa lucidité. Ses appréhensions se dissipèrent.

Elle se focalisa ensuite sur sa tâche. Les deux fuyards étaient forcément quelque part, dans ce qu'elle présumait être l'intérieur du Voile. Où étaient-ils allés ? S'il était peu probable qu'ils aient quitté la route – principal repère de l'étrange endroit –, comment découvrir s'ils l'avaient remontée ou descendue ?

Je retrouve des âmes depuis que je suis morte. Je suis donc capable de les pister.

Diane détailla le sol, à la recherche d'empreintes. Elle distingua d'abord les siennes et fut honteuse de leur diffusion. Elle avait sans doute effacé pas mal de preuves dans sa panique.

Je ne suis qu'une idiote !

Puis elle en dénicha de nouvelles, différentes et moins fraîches. Elle avança et se pencha afin de les contempler. Un cri de souffrance lui échappa – si elle sortait d'ici, on ne la reprendrait pas à traverser le Voile !

Les empreintes n'allaient dans aucune direction précise. Aussi confuses que les siennes, elles lui laissaient supposer que la déchirure n'avait pas été plus clémente avec les traîtres – une maigre consolation, mais une consolation malgré tout.

À gauche du chemin, elle avisa des brins verts aplatis et comprit que son rival s'était montré plus prudent qu'elle ne l'aurait cru. Lui et la fille avaient choisi de dissimuler leurs traces dans les herbes hautes. Si elle était arrivée trop tard, si la flore avait retrouvé sa position initiale, elle ne l'aurait pas noté.

Malin, Caleb... Pas assez pour me semer toutefois.

Ils étaient partis vers la forêt. Diane sourit. Les rattraper était dans ses cordes, la verdure écrasée indiquait que leur passage était récent.

Titubant sous les crampes, elle s'engagea dans leurs pas.

Elle n'échouerait pas.

*

Flocon sauta afin d'éviter une flaque d'eau. Caleb serra davantage sa fourrure entre ses doigts et sentit son amie raffermir sa prise autour de sa taille. Leur nausée respective les avait quittés, mais les courbatures demeuraient présentes. *Foutu Voile...* S'il réussissait à ramener Ève chez elle et à rentrer au Royaume, l'Envoyé ne se plaindrait plus du picotement de ses portails. Sans le canidé, la jeune femme et lui seraient encore perdus au beau milieu du sentier terreux ; ils n'auraient pas été en état de marcher après leur traversée !

Un jour, la Mort lui avait confié que le Voile n'était pas qu'un simple portail à ses yeux, plutôt un lieu de transition entre vie et trépas. Elle le soupçonnait d'être une entité propre à cheval sur les deux mondes. Aujourd'hui, Caleb se rangeait à son avis : la douleur avait été si vive à son atterrissage qu'il était persuadé que le Voile *savait* qu'ils n'auraient pas dû s'aventurer en son sein ! Il aurait volontiers imaginé qu'il les avait punis.

Seul Flocon avait été épargné par ses effets indésirables. Il avait adopté son apparence spectrale et s'était couché pour leur permettre de grimper sur son dos. Grâce à lui, Caleb apercevait déjà l'amas plus sombre qu'ils avaient entrevu au loin.

Il s'agissait bien d'une forêt. À mesure qu'ils se rapprochaient, elle prenait des reflets mauves et arborait une drôle de forme, qu'il ne parvenait pas à définir – probablement un tour de son esprit.

Il interrogea Ève :

— Comment te sens-tu ?

Elle est si silencieuse…

— Je commence à avoir moins mal.

— Tes jambes ne te font pas trop souffrir ?

Les siennes brûlaient à force de conserver son équilibre sur le familier.

— Presque pas.

Il devina qu'elle lui mentait et grimaça. Depuis qu'ils avaient quitté la Ruche, Ève ne cessait de lui assurer que « ça allait », pourtant elle s'en remettait entièrement à lui. Cela ne lui ressemblait pas. De son vivant, elle avait été quelqu'un d'indépendant. Elle n'hésitait pas à dire ce qu'elle avait sur le cœur et à agir selon ses convictions. Caleb subodorait qu'un élément dont elle refusait de lui parler la préoccupait. Pour autant, il n'osait pas l'interroger. Son silence prolongé l'inquiétait et le plongeait dans des réflexions qu'il aurait aimé éviter.

Ève souhaitait-elle redevenir mortelle ? Elle avait accepté sa fin avec facilité… N'aurait-elle pas été heureuse dans son Quartier, loin des tracas de la vie quotidienne ? Ne lui avait-il pas enlevé ce droit en lui révélant la fonction du Voile ? Plus les secondes s'écoulaient, plus le doute l'assaillait.

Me suit-elle par nécessité, parce qu'elle ignore de quelle façon se comporter ? Chacun était l'unique repère de l'autre désormais. Caleb redoutait d'avoir commis une énorme bêtise… Non seulement il avait trompé la Mort, mais il s'était aussi montré égoïste.

Mes émotions m'ont emporté. C'est moi qui n'ai jamais admis mon décès, pas Ève. L'avait-il condamnée ? *Une existence au Royaume lui aurait peut-être mieux convenu qu'à moi. Je ne lui ai même pas permis de choisir…*

Ce dernier point le tenaillait. Il avait agi sans lui demander son avis et avait usé de la confiance qu'elle avait en lui sans l'ombre d'un remords. Il craignait de s'en mordre les doigts : s'il la rendait malheureuse malgré lui, il ne se le pardonnerait pas, peu importe que ses intentions aient été bonnes ou non au départ.

— Caleb ?

L'appel le sortit de ses pensées. Ève l'avait lâché d'une main pour pointer ce qui se trouvait en face d'eux. Il réalisa qu'ils arrivaient aux abords de la forêt.

La surprise lui arracha un hoquet. Il n'avait pas été victime d'une hallucination. L'étendue boisée prenait bel et bien des teintes mauves des racines au ciel. Un doux indigo l'entourait, pareil à une nuit perpétuelle. Quant à sa forme, si elle était étrange, la faute en incombait aux arbres. Tous étaient identiques. Leur tronc s'élevait sur plusieurs mètres, puis se courbait de telle sorte que leur feuillage se posait sur le sol comme un crâne l'aurait fait sur un oreiller – la comparaison s'imposait tant ils avaient l'air endormis. Pas un son ne s'échappait de l'endroit, rien n'y bougeait. L'Envoyé aurait jugé le spectacle angoissant si un sentiment apaisant ne s'en dégageait pas, similaire à une berceuse silencieuse.

— Où sommes-nous ? le questionna Ève d'une voix qui trahissait sa stupeur.

Il se réjouit qu'elle prenne la parole de sa propre initiative.

— Je n'en ai aucune idée… Dans le Voile, je suppose. La route, si nous l'avons empruntée dans le bon sens, devrait nous guider jusqu'à la sortie.

Devrait, se répéta-t-il. *Je ne suis sûr de rien…*

— Elle nous mène surtout là-dedans. Est-il prudent d'y aller ?

— Il est un peu tard pour se montrer prudent.

La jeune femme opina.

Flocon s'arrêta à cinq mètres des premiers arbres. Caleb se figea sur lui, persuadé d'avoir aperçu quelque chose se mouvoir derrière l'un d'eux. Toutefois, rien ne réapparut.

La méfiance me rend paranoïaque…

Il flatta l'encolure du canidé, puis le pria de se coucher pour qu'Ève et lui en descendent. Le chemin qu'ils avaient parcouru ne lui avait pas paru périlleux ;

cependant, la forêt pouvait abriter toutes sortes de dangers. Mieux valait que l'animal ne transporte pas de poids morts sur son dos dans le cas où il lui faudrait agir vite – ici plus qu'ailleurs, il était leur meilleure arme.

Son amie glissa au sol avant qu'il n'ait le loisir de dire quoi que ce soit. Un gémissement lui échappa lorsque ses pieds touchèrent la terre ferme – amoindris, les effets du Voile n'en demeuraient pas moins présents.

Il la rejoignit.

— On continue ?

Elle hocha la tête.

— Oui. Dans quelle direction allons-nous ? Par là ?

Du bout de l'index, elle désigna un enchaînement de feuillus. Leur inclinaison formait une enfilade d'arches ordonnées, semblable à une invitation.

Caleb prit conscience de la symétrie du lieu. Il était impossible qu'il soit naturel. Chaque arbre était planté dans le but de créer une ligne droite dans le sens de la longueur et dans celui de la largeur. Les courbures des troncs survenaient à hauteur égale et les feuillages reposaient en rangée. Un esprit rêveur aurait déclaré que la main d'un géant avait tordu la flore dans l'unique but de lui donner son aspect actuel.

Où sommes-nous tombés ? Qu'est-ce qui nous attend là-bas ?

— Pourquoi pas, répondit-il. Voyons où ça nous mène.

Ève effectua un pas, suivi d'un second. Une grimace déforma soudain ses traits.

— Tu es sûre que ça va ? On s'arrête deux ou trois minutes si tu le souhaites.

En espérant que personne ne se soit lancé à notre poursuite...

— Nous n'avons pas de temps à perdre, protesta-t-elle. J'ai beaucoup moins mal que tout à l'heure, je t'assure.

Même s'il ne la croyait pas, Caleb acquiesça. Il éprouvait encore la douleur dans ses membres mais, comme elle, il ne l'imaginait pas insurmontable et n'avait qu'une hâte : continuer à avancer.

Ils s'engagèrent en direction des arbres. Néanmoins, dès que l'émissaire surprenait la souffrance sur le visage de son amie ou qu'elle titubait, il était tenté de la forcer à s'asseoir. L'envie lui vint de la prendre par la taille et de lui permettre de s'appuyer contre lui, mais il la chassa. Il n'avait qu'un but : lui fournir l'opportunité de rentrer chez elle.

Des mois plus tôt, lorsqu'il avait appris l'existence d'un probable retour en arrière, ses rencontres avec la Mort s'étaient faites plus régulières. Il lui était souvent arrivé de l'attendre dans son jardin entre deux missions, autant pour le plaisir de sa compagnie que pour la questionner sur sa révélation – il avait accepté de taire son secret, pas de l'oublier. Bien qu'il ne l'aurait pas présumé au départ, Elle s'était montrée aussi spéculatrice que lui.

Un jour, alors qu'il s'interrogeait sur la façon dont un mort parvenait à récupérer son corps lors de sa « renaissance », Elle avait évoqué la puissance contenue dans leur âme. Elle n'avait pas les moyens de l'affirmer, mais Elle pensait sincèrement que l'ancienne enveloppe d'un défunt se reconstituait, peu importe le nombre d'années écoulées entre la mort et la résurrection. Comment avait-Elle dit déjà ? « C'est l'âme qui fait de toi ce que tu es, ne la sous-estime pas. »

Caleb lui avait donné raison. Son corps actuel était après tout une seconde version de ce qu'il avait été. Il ne doutait donc pas qu'Ève se réapproprierait son enveloppe charnelle. Son trépas était récent. S'ils se hâtaient de localiser la sortie, le processus ne serait pas long.

Il n'osa pas songer aux heures que ça prendrait si lui s'y risquait. Il n'en avait pas besoin : sa place était au Royaume. Sa famille et ses relations avaient admis son décès, il n'avait nulle part où aller.

Non, il ne recouvrerait pas une existence normale. Dès lors, il ne pouvait pas se permettre de se rapprocher de son amie, de raviver les sentiments qu'il entretenait à son égard. Rien n'était envisageable entre eux. Elle avait une vie qui l'attendait, à laquelle il n'appartiendrait pas. Il devait s'interdire d'être plus intime avec elle, sans quoi la laisser partir serait trop difficile.

Un mouvement sur sa droite attira son attention. Il se figea et attrapa le bras de la jeune femme afin qu'elle l'imite. L'un des branchages avait été secoué, il le jurerait !

Les sens en alerte, Caleb patienta. Il s'efforça de paraître décontracté pour ne pas inquiéter Ève, mais il ne parvint pas à chasser ses angoisses. Il n'était pas le premier à avoir plongé dans le Voile…

Le chevalier qui a accompli cette prouesse avant moi n'en est pas ressorti.

— Qu'y a-t-il ? l'interrogea Ève.

— J'étais convaincu d'avoir aperçu…

— Là ! le coupa-t-elle.

Il eut le temps de le repérer également : un il-ne-savait-quoi venait de sauter d'un tronc à un autre avec l'agilité d'un oiseau qui s'envole.

— Qu'est-ce que c'était ? chuchota son amie.

Plus intriguée qu'effrayée, elle s'était avancée d'un pas.

— Je l'ignore.

— Rien que la Mort n'aurait façonné ?

— Non. Elle n'a pas d'emprise sur le Voile et n'est pas plus informée que nous sur ce qui s'y trouve.

— Tu en es sûr ?

Caleb confirma.

— La « Frontière » n'était pas la Frontière, argumenta Ève, hésitante, donc je me dis que l'endroit ne lui est peut-être pas inconnu.

— Possible.

Mais je ne le crois pas.

La Mort ne l'aurait pas trompé, Caleb en était convaincu. Elle ne l'avait pas fait pour la Frontière : il ne lui avait à aucun moment demandé si les âmes provenaient bien de là. À l'instar de ses compères, il l'avait déduit seul. *Elle m'aurait avoué la vérité si je lui avais posé la question.* Elle n'aurait pas été jusqu'à lui révéler l'emplacement du Voile, mais Elle ne lui aurait pas menti.

Ève et lui demeurèrent immobiles plusieurs secondes. Ils scrutèrent chaque arbre qui s'offrait à eux et cherchèrent des formes de vie qui s'y dissimuleraient. Puis sa compagne effectua un pas. La forêt et ce qu'ils avaient perçu l'attiraient. Elle avait l'air persuadée que rien ne leur arriverait. Contrairement à lui, elle n'hésitait pas. Caleb ne remarqua pas d'appréhension sur son visage.

Il s'engagea à sa suite, une main sur la poche fourreau qui renfermait son coutelas – si on les attaquait, il serait prêt. Il pivota et constata que Flocon était sur ses gardes. *Parfait*. La présence de l'animal le rassurait, il n'avait encore jamais failli à sa tâche.

Sans un mot, ils franchirent les derniers mètres qui les séparaient des feuillus. La nuit les engloutit, aussi douce et tiède qu'un soir d'été.

Caleb sentit la pression le quitter. Ses muscles se détendirent, puis la quiétude l'envahit…

Il la rejeta. Elle n'avait rien de naturel ! Tout comme le passage dans le Voile les avait torturés, ce lieu était en train de les apaiser, d'amoindrir leur sens.

Nous ne contrôlons pas nos réactions.

Il se tourna vers Ève. Dès qu'il avisa son expression sereine, une alarme tinta dans son esprit. Il ne fallait pas qu'ils se laissent aller à la torpeur ! Il serra les poings jusqu'à s'enfoncer les ongles dans la paume et se força à garder les idées claires.

Il est nécessaire que je n'oublie pas où je suis.

L'Envoyé lutta pour rester vigilant et prompt à se défendre. Durant un temps interminable, il marcha, crispé.

Le bruit l'affola en premier. Le monde avait été si silencieux depuis qu'ils étaient entrés dans la nuit sans fin… Il plissa les yeux et eut le souffle coupé. Telle une vague prête à les avaler, le feuillage des arbres ondulait vers eux.

Quelque chose approchait

II

Les créatures de brume

Ils se retrouvèrent encerclés par un épais brouillard tourbillonnant. Flocon retroussa ses babines, puis grogna. D'instinct, Caleb ancra ses pieds dans le sol. Il n'avait encore jamais contemplé un spectacle pareil ! Seule Ève n'était pas alarmée. Elle fixait la brume avec l'expression d'un enfant curieux. Durant une seconde, l'Envoyé fut persuadé qu'ils ne voyaient pas la même chose.

— Tout va bien ? lui demanda-t-il, sa main au plus près de son coutelas.

— Qui sont ces êtres ?

Alors il réalisa. Le brouillard n'était qu'une illusion entretenue par une multitude de créatures bleutées. De la taille d'un poing, elles ne possédaient pas de contour distinct – il devinait à peine l'une ou l'autre silhouette dans le mur qu'elles dressaient devant eux. Sans pouvoir s'en assurer, il estima qu'elles communiquaient. L'écho de leurs voix lui parvenait en un son doux et assoupissant.

Caleb chercha une issue du regard. Toutefois, elles n'avaient pas l'air de vouloir les approcher davantage.

Elles nous dévisagent... Les jaugeaient-elles ? Guettaient-elles le moment opportun pour les attaquer ? Il n'aurait su le dire.

Les secondes s'écoulèrent dans une attente teintée d'angoisse. Une dizaine d'êtres se hasardèrent ensuite hors de la barrière. Flocon convergea vers l'un d'eux à pas lents ; dès qu'il l'effleura du museau, il s'enfuit en poussant un petit couinement.

— Ils ne paraissent pas méchants, chuchota Ève.

Caleb la fixa avec stupeur. Bon sang, comment réussissait-elle à rester si calme ?

Le lieu agit beaucoup plus sur elle que sur moi...

— Tu as probablement raison, lui accorda-t-il, mais méfions-nous.

L'entité chassée par le canidé était téméraire. Elle ne s'arrêta pas auprès de ses pairs et revint vers eux. L'émissaire serra le manche de son coutelas, prêt à le sortir de sa poche dès qu'il le faudrait. Cependant, elle se borna à leur tourner autour et à couiner à maintes reprises.

Elle s'amusait !

Ève tendit une main vers elle. Le jeune homme se raidit, mais n'intervint pas. D'abord interdit, le brumeux vint se poser sur la paume ouverte et déclencha une salve de murmures chez ses camarades. Puis il remonta le long du bras offert jusqu'à atteindre l'épaule.

Tente quoi que ce soit et je te jure que je t'envoie dans le Néant.

Caleb se fit violence afin de ne pas dégainer son coutelas – mieux valait ne pas se montrer hostile le premier –, mais l'éthéré se contenta de soulever les tresses de sa compagne.

Un jeu. Il désire juste badiner.

Il se détendit.

Enhardies par ce qu'elles observaient, d'autres créatures avancèrent et le mur n'en fut vite plus un. Elles pirouettèrent près d'eux, bruissant de concert, puis filant dès que le chien spectral se lançait à leur poursuite. Flocon prenait plaisir à les pourchasser et se divertissait autant qu'elles.

Caleb sentit la pression le quitter définitivement. S'il se fiait aux sens de son familier, ils n'étaient pas en danger. Son attitude devint plus douce et il lâcha son arme. À l'instant où il y accueillait l'un des brumeux, tous pivotèrent vers un point fixe. Aussi bien Ève que lui suivirent le mouvement…

Une forme de taille humaine remuait au loin. Elle s'engagea dans leur direction et la plupart de leurs nouveaux amis les délaissèrent pour voleter vers elle. Les deux fugitifs attendirent, prêts à détaler s'il le fallait. Néanmoins ils en furent incapables, subjugués par la « femme » qui approchait.

Ses cheveux constitués de lierres étaient courts, indisciplinés. Plusieurs fleurs et feuilles envahissaient son visage et ses épaules nues. Ses bras menus s'achevaient par une main gracile, dont les doigts semblaient posséder l'apparence des brindilles ainsi que la solidité et le tranchant de l'acier. Sa venue apporta un souffle neuf à la forêt ; les odeurs de l'herbe coupée et de l'humidité s'y mélangeaient. Elle portait une robe d'écorce rugueuse. Caleb l'imagina volontiers taillée à même son corps, car elle prenait naissance au-dessus de sa poitrine et se terminait par de robustes racines plus ou moins longues.

Des jambes, saisit-il.

Elle se mouvait avec aisance sur le sol meuble et se tenait si droite qu'elle donnait l'impression de flotter plus que d'avancer.

Une femme-arbre. Ils étaient en face d'une femme-arbre !

Elle s'arrêta à trois mètres d'eux. L'Envoyé la jugea timorée. Hélas, son expression neutre le défendait de prédire ses intentions. Flocon se coucha ventre à terre – un geste qu'il n'exécutait que devant la Mort – et Caleb comprit qu'elle détenait l'autorité en ces lieux.

— Qui êtes-vous ? les questionna-t-elle d'une voix grave, inattendue.

— Des âmes, répondit-il.

Sa méfiance avait rejailli. La nouvelle arrivante lui inspirait à la fois crainte et confiance, malaise et tranquillité. À ses côtés, Ève ne bougeait pas, paralysée par son apparition.

— Des âmes qui empruntent le chemin en sens inverse. Votre place n'est pas ici.

Caleb ne perçut aucun reproche dans ses paroles, il ne s'agissait que d'une simple constatation.

— Puis-je à mon tour vous demander qui vous êtes ?

Le regard qu'elle darda sur lui le mit mal à l'aise. Fixe et voilé, il ne lui offrait pas d'indications sur son état d'esprit. Était-elle suspicieuse ? En colère ? Curieuse ?

— Je suis la mère de la forêt. Je suis sa créatrice comme sa protectrice. En voici les gardiens, précisa-t-elle en désignant les êtres bleutés. Êtes-vous venus pour votre arbre à rêves ?

Il n'eut pas le loisir de l'interroger sur ses propos ou son ton monocorde. Ève sortit de sa léthargie.

— Notre quoi ?

Bonne remarque, la félicita-t-il mentalement.

— Votre arbre à rêves.

Confrontée à leur silence, la mère de la forêt enchaîna :

— Il n'y a qu'eux ici. Je les garde depuis la nuit des temps.

On dirait que notre présence l'ennuie, qu'on l'empêche de réaliser une tâche quelconque.

— Donc… les arbres contiennent des rêves ? s'assura Caleb, perdu.

Elle approuva et s'expliqua :

— Prendre les vœux des âmes est mon rôle lorsqu'elles arrivent dans le bon sens. Je dois agir ainsi. Je le sens.

— Vous le sentez ?

Elle ignora son intervention et murmura :

— Je devine qu'il ne faut pas qu'ils s'échappent. Je plante un arbre dès qu'un individu s'aventure dans la forêt. J'y enferme les rêves que je lui ai ôtés, puis je l'endors afin qu'ils y soient prisonniers.

L'émissaire en demeura muet. Peu rassuré par ce qui ressemblait à une menace, il déglutit. La voix de la femme-arbre n'avait vibré ou changé de ton à aucun moment. Elle ne lui laissait pas déchiffrer la moindre émotion. *En éprouve-t-elle ?* Son visage ne l'aidait pas davantage. Il avait de plus en plus l'impression qu'elle l'observait sans le voir, que ses traits resteraient à jamais figés dans une moue doucereuse. L'entrée de ses pensées lui était interdite.

— Comment prend-on des rêves ? s'enquit Ève.

Caleb était incapable d'affirmer si son amie s'interrogeait à voix haute ou si elle s'adressait à leur interlocutrice. Quoi qu'il en soit, celle-ci répliqua :

— Je les arrache.

Pour illustrer ses propos, elle leur montra ses longs doigts acérés. Il déglutit avec peine et remarqua qu'Ève pâlissait. D'instinct, ils portèrent une main à l'arrière de leur crâne. Leur avait-on réellement extirpé leurs désirs d'une telle manière ?

Nous avons perdu des choses dans le Voile, je l'ai toujours présumé. Sans aspirations, qui aurait envie de rallier la Terre ?

— Des âmes m'attendent. Voulez-vous être conduits à votre arbre à rêves ?

— Pourra-t-on les récupérer ? demanda Caleb.

Contrairement à ses spéculations, la mère de la forêt hocha la tête.

C'est trop simple...

— Alors nous le souhaitons, oui, révéla-t-il.

Elle posa ses yeux sur les deux entités les plus proches et les intima de la rejoindre. Elle reporta ensuite son attention sur eux.

— Ils vous aideront à le localiser. Respectez la forêt et aucun mal ne vous sera fait. Troublez-la et vous mériterez votre sort. Si vous croisez une âme, ne vous mettez pas en travers de son chemin : ignorez-la. Il vous suffit d'implorer les gardiens de vous mener à votre arbre personnel et ils s'y rendront. Prenez vos rêves et partez.

Sans leur accorder d'œillade supplémentaire, elle se détourna et s'enfonça dans son domaine. Hormis les deux créatures qu'elle leur avait attribuées pour guides, toutes les autres la suivirent dans une symphonie de chuchotements – jusqu'à ce qu'elles disparaissent parmi la végétation, Ève et lui ne parvinrent pas en décrocher le regard.

Flocon se releva et jappa, mais il ne réussit pas à éveiller leur intérêt. Se joignant à ses efforts, les brumeux tirèrent sur leurs cheveux et couinèrent d'impatience.

— Je crois qu'ils attendent qu'on se mette en marche, souffla la jeune femme.

Caleb acquiesça.

— Comme l'a certifié la créatrice des lieux, nous ne sommes pas à notre place ici.

Sa nervosité ne passa pas inaperçue.

— Qu'est-ce qui ne va pas ? s'enquit Ève.

— Tu ne juges pas ça trop facile ?

— Il s'agit de nos rêves après tout. Il est logique que nous soyons autorisés à les retrouver si on nous les a pris lors de notre premier passage.

Bon gré, mal gré, il opina.

Pourquoi nous les rendre ?

— La mère de la forêt…, dit Ève. Elle semblait savoir qu'on ne devait pas être là, mais pas de quelle façon réagir devant nous. Elle nous a expliqué que son rôle était de dérober les rêves des âmes qui la rejoignent dans le bon sens. Peut-être que se séparer des nôtres n'est pas un grand sacrifice pour elle si ça nous évite d'entraver sa tâche.

— Peut-être.

Elle n'avait pas tort, ses propos étaient réfléchis. Pourtant, sa crainte subsistait. Ce n'était pas sans raison que l'Envoyé qui avait traversé le Voile avant eux n'en était pas ressorti…

— Tu n'as pas l'air d'être convaincu…

Je ne le suis pas.

— Juste une appréhension. La mort m'a rendu méfiant.

Afin de rassurer Ève, Caleb sourit – lui confier ses angoisses ne lui paraissait pas être une bonne idée. Les gardiens couinèrent et voletèrent près de leur tête ; leur patience atteignait leur limite.

— On vient, déclara-t-il.

Ses mots déclenchèrent de nouveaux cris, bien plus joyeux. Il pivota vers son amie.

— Tu n'as plus qu'à les prier de nous conduire à ton arbre à rêves.

Cette fois, le sourire qu'il lui offrit fut sincère. Si la mère de la forêt ne leur avait pas menti ou tendu de piège, elle allait recouvrer une part d'elle-même.

Elle se souviendra des heures passées à danser, de son vœu d'enseigner un jour sa passion.

— Et toi ?

Il fut pris au dépourvu.

— Moi ?

— Tu ne leur demandes pas où est ton arbre ?

Il soupira. Elle lui aurait posé la question tôt ou tard.

— Non.

— Pourquoi ?

— Je ne rentre pas sur Terre.

La surprise se peignit aussitôt sur les traits d'Ève, suivie par la peine. Caleb refusa de lui montrer la sienne.

Tu t'en doutais sans doute au fond de toi, Ève. Je ne reviendrai pas.

— Tu ne rentres pas, répéta-t-elle.

Il confirma d'un bref mouvement de tête. Son ancien monde n'avait plus rien à lui apporter. Il chassa la douleur que ce rappel lui provoqua. Il aurait préféré éviter le sujet.

— Ça n'a aucun sens.

— Il y a déjà deux ans que j'appartiens au Royaume. J'ai appris l'existence d'une porte de sortie et je n'ai pas cherché à m'en aller. Pourquoi essaierais-je maintenant ?

Je suis désolé, mais ma place n'est plus là-bas.

— Parce que tu m'as avoué que tu avais enfreint les lois et que tu risquais gros, argua-t-elle.

— Il ne m'arrivera rien de grave.

Je t'en prie, ne m'oblige pas à me remémorer ce que j'ai perdu...

— Tu n'en es pas sûr !

— La Mort m'apprécie.

— Ne me dis pas que c'est ton unique garantie ?

Caleb soupira.

— Je ne pense pas qu'Elle enverra ses Spectres me cueillir à mon retour ni qu'Elle m'exilera. Je crois plutôt qu'Elle m'isolera au Royaume, dans mon Quartier, et qu'Elle m'empêchera de rôder près du jardin nocturne. J'ai bon espoir qu'Elle me pardonne un jour.

L'assurance dans sa voix était loin d'être celle qu'il

ressentait. Sa trahison était grande, trop pour que la Mort l'excuse et adoucisse son jugement. Elle lui avait avoué avoir de l'affection envers le chevalier qui avait découvert la vérité sur le Voile, mais Elle ne l'en avait pas moins banni…

Qu'importe si je deviens un Démon tant qu'Ève est sauve. Je serai aussi discret que Jack. Mieux encore, je continuerai à protéger les âmes !

— Et si ce n'était pas le cas, reprit la jeune femme, que ferais-tu ?

Il se mordit la langue. Fallait-il obligatoirement qu'elle se montre si têtue ?

— Je l'ignore.

— Enfuis-toi avec moi.

— Ce n'est pas si simple.

Une pointe de colère et d'hébétude transparut sur le visage d'Ève.

— Je ne saisis pas ! Pourquoi moi et pas toi ?

Tu ne me laisses pas le choix…

— Plus rien ne m'attend chez moi.

Elle allait répondre, mais il ne lui en accorda pas le temps. Si elle voulait savoir, qu'il en soit ainsi.

— Ma famille m'a enterré et pleuré. Pareil du côté de mes amis et mes proches. Réapparaître du jour au lendemain sans trahir le Royaume m'est interdit, tout comme regagner la Terre. Imagine le désastre que ça enclencherait si chaque défunt décidait de renaître ! Divulguer un tel secret à l'humanité serait provoquer sa perte. Voilà pourquoi il est impératif que tu me promettes de ne jamais rien révéler à quiconque. Voilà pourquoi il faut que je rentre au Royaume : c'est mon destin, qu'il m'enchante ou non.

Sa rage ressortait. Bon sang, il détestait l'idée d'être condamné à mener son existence actuelle ! Il tentait de l'accepter et de s'y habituer. On le forçait à s'y accoutumer ! S'il le comprenait, son sentiment d'injustice persistait – il grandissait chaque seconde un peu plus en raison des derniers événements. Bien sûr qu'il désirait suivre Ève et la retrouver dans son ancien monde ! Mais il ne le pouvait pas. Il ne le pouvait plus…

Du calme. Le moment de méditer là-dessus n'est pas arrivé.

Caleb prit plusieurs inspirations. L'important était de localiser l'issue du Voile et de rendre à Ève ce qui lui avait été dérobé. Il ne devait songer à rien d'autre. Elle ne méritait pas de subir sa rancœur ainsi.

Je ne suis qu'un idiot !

— Excuse-moi, je…

— Non. C'est moi qui suis désolée. Je n'y avais pas réfléchi.

À son expression, il soupçonna qu'elle ne lui disait pas tout.

— Mais ?

— N'y a-t-il aucun moyen pour toi de revenir ? Tu te ferais petit et garderais le silence. Ton physique a beaucoup changé, je ne suis pas persuadée que tes anciennes connaissances te reconnaîtraient.

— Plus rien ne m'attend sur Terre, lui répéta-t-il d'une voix douce. Il me serait défendu de revoir ma famille ou mes amis et…

Elle l'interrompit :

— C'est pourtant la vie que tu me destines, je serai

seule…

La panique se lisait dans ses iris et sa colère était évidente.

— Seule ? s'étonna-t-il.

— Que crois-tu ? Je ne vais pas rejoindre Martha ou mon frère : je suis morte ! Pour quelle raison me renvoies-tu sur Terre si j'y suis isolée ?

Lorsqu'il réalisa son erreur, l'Envoyé eut envie de se gifler. Comment avait-il pu oublier de lui en parler ? Il déglutit :

— J'ai quelque chose à t'avouer.

Ève attendit, les bras croisés sous sa poitrine.

— Tu n'es pas morte aux yeux de Martha et…

Il s'interrompit, n'ayant pas à cœur de lui révéler le rôle de Guillaume dans son trépas, surtout qu'elle ne se rappelait pas les événements survenus chez elle.

— Tu n'es que portée disparue.

— Quoi !? s'écria-t-elle.

Sa surprise n'était pas feinte. Si sa fureur semblait éteinte, Caleb devrait malgré tout sélectionner ses mots avec soin.

— Ce n'est pas une certitude, toutefois la Mort pense – je pense – qu'une âme possède le pouvoir de régénérer son ancien corps s'ils sont à nouveau réunis. Plus le décès est récent, plus le processus serait rapide.

— D'accord, répondit Ève, mais j'ai du mal à saisir où tu essaies d'en venir.

Sa confiance l'avait quittée et sa stupeur flottait entre eux. Caleb lutta pour ne pas la prendre dans ses bras et lui promettre qu'il ne l'abandonnerait pas.

— J'étais résolu à te sauver et quand… j'ai échoué,

je me suis juré de te rendre ta vie.

Elle hocha la tête sans conviction.

— Il ne fallait pas qu'on tombe sur ta dépouille. Si on découvrait ta mort et si on t'enterrait, peu importait que tu retraverses le Voile puisque…

Il s'interrompit, les faits étaient assez clairs. Ève frissonna.

— Bref. Il ne reste plus aucun signe de ce qu'il s'est passé chez toi. Avant de te rejoindre, j'ai déplacé ton enveloppe charnelle. Je… je l'ai emmenée là où personne ne la remarquera.

Sa voix tremblait, il craignait que son aveu ne soit pas bien accueilli. Il avait pris une décision cruciale sans attendre son avis. Mais Ève demeura calme. Il puisa en lui le courage de poursuivre.

— Tu es en mesure de retrouver une vie normale, de rentrer chez toi et de te réapproprier ton quotidien. Ton unique souci sera d'expliquer ta disparition.

Et ton frère…

Ses phalanges se contractèrent inconsciemment à cette réflexion. Il serra les dents afin de ne rien déclarer qu'il pourrait regretter. Guillaume et les trois affreux méritaient le pire vis-à-vis de leurs actes ! Cependant, leur sort ne reposait pas entre ses mains. Son amie se prononcerait quand elle se souviendrait de ses derniers instants. L'heure était mal choisie pour lui en parler, elle avait déjà encaissé plus qu'elle ne l'aurait dû depuis son décès. Par ailleurs, son absence de réponse l'inquiéta.

— Ève ? l'interpella-t-il.

Elle lui accorda à peine un regard.

— Ça va ?

— Je vais… rentrer chez moi ?

Il acquiesça.

— Et tu as caché mon corps.

Elle l'affirma plus qu'elle ne lui en demanda la confirmation. La gorge de Caleb se noua.

Bon sang, c'est si glauque lorsque c'est elle qui le dit…

— C'est étrange, enchaîna Ève.

— Quoi ?

— Je n'arrive pas à fixer mon ressenti. Je crois que je suis heureuse que tu l'aies fait et en même temps, j'ai peur. J'ai l'impression que rien ne m'attend alors que tu viens de me prouver le contraire.

— Sans doute un effet du Voile. Retrouver tes rêves t'aidera peut-être à y voir plus clair.

L'Envoyé l'espérait de tout son être.

Comme pour le lui promettre, les deux gardiens couinèrent derechef.

Glossaire

Le Royaume : Endroit où les défunts atterrissent après leur décès pour mener leur seconde existence.

Les Envoyés : Aussi appelés émissaires ou chevaliers, ils travaillent pour la Mort et sont chargés de récolter les âmes des défunts sur Terre.

La Mort : Souveraine et maîtresse du Royaume des morts.

Le Destin : Entité que la Mort et certains Envoyés pensent réelle. Il contrôlerait absolument tout.

Le Voile : Lieu de transition entre le monde des vivants et le monde des morts.

La Ruche : Palais de la Mort, où sont reçus les nouveaux défunts.

Les Quartiers : Sections du Royaume où vivent les défunts. Chaque Quartier correspond à une décennie.

La Disparition : Phénomène encouru par un défunt s'il « meurt » une seconde fois.

Le Néant : Rien. Vide absolu où s'évaporent les victimes de la Disparition.

Les chiens spectraux : Créatures façonnées par la Mort dans le but d'assister les Envoyés.

Les Spectres : Également créés par la Mort, ces êtres cauchemardesques veillent à la protection du Royaume.

Les Démons : Aussi appelés chasseurs d'âmes. Anciens Envoyés ayant trahis la Mort et traquant désormais l'âme des mourants dans l'espoir de retrouver leur mortalité.

Les âmes : Nom donné aux habitants du Royaume de la Mort, bien qu'ils possèdent une enveloppe charnelle.

Les missions : Décès confiés à un Envoyé.

Le Capharnaüm : lieu de la Ruche où attendent d'être distribuées les fiches des futurs défunts.

Un grand merci...

À Justine pour son soutien sans faille, son enthousiasme débordant, son amitié et ses relectures.

À Serenya pour sa relecture, son amitié et les nombreux fous rires qu'elle m'a fait avoir lors de l'écriture de cette histoire.

À Virginie, amie de longue date, toujours là pour me forcer à prendre des pauses quand j'en ai besoin.

À Aislune pour sa gentillesse, son aide sur le résumé et son incroyable travail de correction. S'il reste des fautes dans ce texte, j'en suis la seule responsable.

À Barbara et Sizel pour leur relecture respective et leurs précieux conseils.

À Fleurine pour la magnifique couverture dont bénéficie cet ouvrage.

À mon père pour sa lecture et son enthousiasme. À ma sœur Delphine pour ses encouragements. À ma famille en général, qui me laisse vivre l'aventure de l'écriture.

Aux membres du forum *l'Allée des Conteurs* pour leurs encouragements et leur soutien lors de la rédaction de cette duologie.

À tous ceux et celles qui croient en moi. Et à vous,

qui tenez ce livre entre vos mains et me permettez
d'exercer le métier de mes rêves.

Table des matières

Ce livre vous a plu ?

Retrouvez l'autrice sur sa page Facebook :

Rose P. Katell

Découvrez les autres romans de l'autrice aux travers des prochaines pages.

Tous les ouvrages sont disponibles en commande sur Amazon ou par mail :

rose.p.katell@gmail.com

La Malédiction d'Ariane

ISBN : 978-2-9601490-9-8

Cassie a un secret. Depuis la mort de ses parents, elle est hantée par un cauchemar. Chaque nuit ou presque, elle voit un homme se jeter sous un train et entend une mystérieuse voix l'implorer de lui venir en aide. Hélas, elle n'y parvient jamais…

Jusque-là sans conséquence, ce rêve prend une tout autre réalité quand le train qui amène sa grand-mère, avec qui elle s'est brouillée par le passé, se révèle être celui qui percute cet individu. Les choses se compliquent encore plus quand Cassie réalise qu'elle seule a assisté à l'incident et qu'il n'y en a aucune trace.

Incapable d'oublier ce qu'elle a vu, intriguée par sa grand-mère qui semble au courant pour son cauchemar, elle décide d'enquêter.

Qui est cet homme ? Pourquoi est-elle la seule à pouvoir le voir ? Et que sait exactement sa grand-mère ?

Autant d'énigmes qu'elle va s'efforcer de résoudre.

ROSE P. KATELL

LA MALÉDICTION D'ARIANE

Les Chroniques de Khalitekla

ISBN : 978-2-9601490-7-4

« Je me prénomme Kida et je suis l'actuelle souveraine de Khalitekla. Après ce qu'il s'est passé et avec l'aide de plusieurs personnes, j'ai décidé d'écrire cet ouvrage, afin que personne, aucun Ailé, ne puisse oublier… »

Avez-vous déjà entendu parler des Ailés ?

Jadis ces êtres habitaient sur Terre parmi les Hommes, mais depuis plusieurs siècles, ils vivent à l'insu de tous, dans un royaume aérien du nom de Khalitekla.

Il y a une vingtaine d'années, un danger que ce peuple croyait éradiqué a refait surface : Ehuel le déchu !

Menacée depuis longtemps par les agissements d'un clan, la paix de Khalitekla semble encore plus compromise. Il n'y a qu'une seule solution et malgré leur silence, tous en ont conscience : il faut impérativement éliminer Ehuel... Mais son pouvoir est grand et son envie de vengeance, meurtrière.

Quels Ailés seraient assez fous pour l'arrêter ?

Les Chroniques
de Khalitekla
Rose P. Ratell

Au temps où les fées dansaient

ISBN Volume 1 : 978-2-9601490-6-7

ISBN Volume 2 : 978-2-9602036-0-8

Arrivez-vous à rêver à une aventure, de rencontrer Princes, Princesses, Rois et Reines, de croiser un dragon, de vivre dans un palais merveilleux ?

Arrivez-vous à penser qu'une fée veille sur vous, que votre destin est de réaliser des choses incroyables ?

Arrivez-vous à imaginer que votre vœu va se réaliser, que la malédiction va se rompre ?

Arrivez-vous à croire ?

Au Temps Où
Les Fées Dansaient
Rose P. Katell

Au Temps Où
Les Fées Dansaient
Rose P. Katell

La Pierre d'Azur

ISBN : 978-2-9601490-4-3

Que feriez-vous si vous étiez une jeune reine détrônée et que votre seul espoir de sauver votre royaume reposait sur une prophétie, une fillette et l'un de vos ennemis ? C'est la question que se pose Brigide, héritière du royaume d'enchanteurs de Gödelm alors que Maldoror, un être infâme à l'âme plus noire que l'ébène, impose son règne de terreur.

Mey, quant à elle, est une jeune orpheline désespérant de se faire adopter. Tous refusent de la croire lorsqu'elle affirme entendre une voix distinctement dans sa tête. Un jour, en fuguant de l'orphelinat, elle sauve un renard noir et blanc coincé sous des débris. Ce renard s'avère être plus qu'un simple animal et Mey est encore loin d'imaginer à quel point son destin va changer.

La Pierre d'Azur
Rose P. Katell

Le petit renne de Jalan

ISBN : 978-2-9601490-8-1

Jalan a une demande très particulière à faire au père Noël. Hélas, sa maman lui annonce une mauvaise nouvelle : celui-ci ne passera pas cette année ! La nuit où Jalan lui adresse malgré tout un vœu, un cri provenant de son jardin le réveille.

Le petit garçon aura-t-il le courage de découvrir de quoi il s'agit ?

Le petit renne de Jalan

Rose P. Katell

Kindle Direct Publishing
4900 LaCross Road
North Charleston, SC 29406

D/2019/Rose P. Katell, éditeur

www.ingramcontent.com/pod-product-compliance
Lightning Source LLC
LaVergne TN
LVHW050556200726
843508LV00010B/1653